Hal & Jukka
「オメガの初恋は甘い林檎の香り
〜煌めく夜に生まれた子へ〜」

オメガの初恋は甘い林檎の香り
～煌めく夜に生まれた子へ～

華藤えれな

キャラ文庫

この作品はフィクションです。
実在の人物・団体・事件などにはいっさい関係ありません。

目次

口絵・本文イラスト／夏河シオリ

1　北欧の森

むせるような緑に包まれた森の奥にひっそりと親子二人が暮らしている家が建っている。

まだ年の若いハルという男の子と彼の子供ユッカ。

三本の林檎《りんご》の木と、ラズベリーやブルーベリーの茂みに守られるように建った小さな家だ。

美しい森と湖の国フィンランド。サンタクロースやムーミンで有名な北欧の北の果て――ハルはここでパンやお菓子を作り、街のベーカリーや近所の家に届けて生計を立てている。

「今夜は寒くなりそうだね、ユッカ。夕飯、どうする？」

風が冷たくなったことに気づき、庭先に干していた洗濯物をとりこむと、ハルはユッカに問いかけた。

「ぼくね、あったかいのがいいなあ。とろとろのシチューが食べたいよ」

風をものともせず、元気にブランコを揺らしていたユッカが笑顔で答える。

ふわふわとした金髪と夜の空のような深い蒼色《あお》の瞳をした愛らしい男の子だ。事情があり、世間から隠れ、ハルがこっそり育てている。

「じゃあ、サーモンとじゃがいものミルクシチューにしようか。チーズもたっぷり入れて。あとは……玉ねぎとにんじんと……」

「わあああい、ミルクシチュー大好き。ハルくんのシチュー大好きだよ」

ユッカは、ハルのことをハルくんと呼ぶ。

親子ではあるものの、事情があって公表はしていない。

それだけではなく、ずっと親子のままでいられるともかぎらない。だからハルは息子にそう呼ぶように教えていた。

「ぼくも手伝うね」

ユッカはとても優しい子に育っている。そんな実感を抱くたび、胸が熱くなって、うっすらと目元に涙がにじんでくる。

「ありがとう……ユッカ」

手を伸ばし、ハルはブランコに座っていた小さな子供をそっと抱きあげた。

ずしっとした重みが腕に伝わってきて、たまらない愛《いと》しさがこみあげてくる。毎日、抱きあげるたび、少しずつ彼の体重が増えているのがわかってうれしい。

一昨日よりも昨日、昨日よりも今日、そして多分、今日よりも明日……と。

そうしたユッカの成長を感じる瞬間がハルにはなによりも幸せだった。

（たった一人の家族……自分にはこの子しかいないから……）

半分だけ日本人の血を引くハルは、黒っぽい髪、黒々とした瞳……と、風貌にも東洋人的な雰囲気が現れているが、ユッカはハルとは似ても似つかない。

「さあ、晩ごはん作り、始めようか」

一緒にキッチンに入り、テーブルに座って、野菜とサーモンを一口サイズに切っていく。

小さくカットしたじゃがいもとにんじんと玉ねぎとローリエを搾りたての牛乳で具材が柔らかくなるまで煮こむ。

と同時に、クリームで塩とサーモンを別に弱火で約五分煮込んで最後に二つを混ぜ、こしょうとディルをふりかければ完成する。ハルの得意なメニューだった。

「いい匂い、おいしそうだね」

ユッカはくんくんと湯気を吸いこんだあと、ほおを膨らませて微笑した。これ以上ないほど幸せそうな笑顔に思わず釣られてほほえんでしまう。

「うん、とってもおいしそうだね」

大きなお鍋いっぱいのシチューの他に、ほくほくとした塩バターパンを焼く。

それから林檎をたっぷり使ったケーキ。ルバーブのジャム。

「これ、今夜もおばあちゃんたちにも届けるの？」

「そうだよ、待っててね、準備するから」

「うん」

自分とユッカの分とは別に同じものを用意し、夕方、近くの年老いた姉妹のところに届けるのもハルの仕事の一つだった。

普段は午前中のうちにパンとお菓子を街のベーカリーに届けるだけでいいのだが、ここ最近、近所の老姉妹の夕飯も頼まれるようになっていた。

老姉妹が住んでいるのは、ハルたちの家から歩いて十五分ほどのところにあるサーミ人たちの集落の一角だ。

「わあ、ハルくん、今日もとってもいい匂いだね」

森を抜け、訪ねると、老姉妹が笑顔で玄関を開けてくれる。杖《つえ》をついているおばあさんがいつものようにユッカに白い袋を渡す。

家畜のトナカイにご飯をあげるのがユッカの仕事になっていた。

「今からあげてくるね」

ハナゴケがたくさん入った袋をつかみ、ユッカが駆け足でトナカイのところにむかう。

「ありがとう、助かるよ。今年の夏は、甥《おい》っ子がいないから」

普段、彼女らの世話は甥夫婦がしているのだが、甥は今、遠くのヘルシンキの病院に入院している。一カ月ほどで退院するらしいが、妻もヘルシンキに行ってしまったため、その間、ハルが代わりに姉妹の食事の世話とトナカイの餌やりをまかされていた。

　小さな手でユッカが懸命に餌をわけているのを窓から見とどけたあと、ハルはバスケットをテーブルに置いた。

「じゃあ、ユッカがトナカイのお世話をしている間に、夕飯、ここに並べますね」

「ありがとう、ハルくん、助かっているよ」

「いえ、喜んでもらえてうれしいです」

　彼らは北欧の北極圏に近い一帯に住む少数民族だが、トナカイたちと一緒に、フェルトでできたコルトという色彩豊かな民族衣装を着て暮らしている。

　このあたりには数十人ずつの集落がいくつも点在し、ハルもユッカも彼らに溶けこんで暮らしていた。

「ユッカの服、ハルくんが作ってあげたのかい?」

　姉のリーナに訊《き》かれ、ハルは笑顔で答えた。

「はい、教わった通りに作ったんですけど、どうですか?」

「とってもいい感じだよ。ハルくん、何でも上手にできるんだね」

　彼女らから教わり、ハルもこのコルトを織れるようになったので、自分だけでなくユッカにも手製の織物を着せている。赤や青の帽子、ストール、ブレスレットを身につけているのだが、おかげで遠くから見れば、この集落の人間のように見えるだろう。

「えらいね、ハルくんは。ユッカを一人で育てているなんて」

ハルが夕飯を並べていると、口癖のように老姉妹が言う。

「オメガなんて、もう今の時代、殆《ほとん》どいなくなってしまったから……ハルくん、これまで大変だっただろうね」

「え、ええ」

ハルは苦笑いした。

オメガ――――そう、ハルはオメガという特殊な性を持って生まれた。

この世界には、かつて当然のように男女以外の三つの性があった。

アルファ、ベータ、オメガという三種類の性だ。それぞれの能力に応じ、それらをベースにした階級社会が存在していたのだ。

頂点にいるのはアルファと呼ばれる性。今も一割ほど存在している。王家、貴族階級、政治家、資産家、それから聖職関係の高位者に多い。

そしてベータという性。男女比も能力も一般的らしく、この世で一番生きやすい性として、今、世界の殆どを占めているのがこの性だ。

それから今ではとてもめずらしくなってしまったオメガ。

ここにいるサーミ人のように、都会で暮らしたことのない少数民族のなかには自然発生的に誕生するが、それも最近ではめずらしいと言われている。

ハルはこの数少ない性に属している。

オメガは男性としてしか生まれないのだが、男性といっても、妊娠・出産のできる特殊な肉体を持っている。

二十世紀の途中からアルファはオメガが相手でないと子孫ができにくくなってしまった。

もちろんアルファの女性も妊娠・出産することがあるが、年々、数は減り、今では一パーセントくらいだとか。

オメガに生まれた者は第二次性徴期を迎えてしまうと、三カ月に一度、数日間の激しい発情期があり、その間に、つがいと決めた特定のアルファと性行為をすると、八割の確率で妊娠するのだ。そのため、第二次性徴期を迎えたオメガは、発情を抑制する薬剤の投与が法律で義務づけられてきた。

発情期のオメガの発するフェロモンは、アルファだけでなく、ベータの劣情も煽《あお》るときがあるため、近年、法律で厳しく管理されるようになったのだ。

ただしつがいの相手ができると、オメガはそれ以外の人間の劣情を触発することはない。

そのため、大半のオメガは二十歳までにつがいの相手を見つけ、日常生活をともにして子孫を誕生させてきた。

そうすることがオメガ自身の身を守ることにもつながるからだ。

しかし現在、この国やその周辺国では、オメガは自然に誕生しなくなってしまった。

ハルはそんな自然に誕生した数少ないオメガだった。

「ユッカのこと、父親には知らせていないんだっけ」

姉のリーナが問いかけてくる。

「え、ええ、ちょっと事情があって」

ハルは苦い笑みを浮かべた。

「だけどユッカはアルファなんだろう？　それならずっとここで育てるのはかわいそうだね。ここはベータばかりだし、学校も少ないし」

妹のテレサに指摘され、ハルはうつむいた。

「え……ええ、わかってはいるのですが」

わかっている。でもそれを伝えられない理由がある。もうこの子の父親に会うことはできないかもしれないから――。


「――ユッカ、さあ、お家《うち》に帰ろうか」

まだ明るい夜の森を進んでいく。

道沿いには、トナカイ注意の看板が出ている。

この季節――午後九時を過ぎているのに、世界はまだ真昼のように明るい。

日にちが変わるころ、ようやくほんの少しだけ夕焼けのような雰囲気になっていく。午前二時くらいに少しだけ暗くなるが、一時間もしないうちに今度は夜明けくらいの明るさに包まれる。

夜のはずなのに、暗くならない季節。六月はだいたいこんな感じだ。

五月くらいから少しずつ夜が短くなり、七月、八月、それから九月の中旬くらいまでずっと夜が短い。

夜の闇に包まれないこと——それが何ともいえず淋《さみ》しい……そんなふうに感じることがある。もうこの森に住むようになって四年になるのに慣れない。

雪の季節はいいが、白夜のときの、何ともいえない空気に包まれていると、無性に淋しくなるのだ。

「ねえねえ、ハルくん、父親ってなに？」

家に帰り、ご飯を食べ終えたあと、くったくのない顔でユッカが尋ねてきた。

「……父親っていうのは……パパのことだよ」

「パパのことか」

ユッカは、自分のパパが誰なのか知らない。

「パパにはいつ会えるの？」

パパ……という言葉に、ハルの胸はきりきりと痛む。

この子の父親――コンラッドとはもう会うことはないだろう。

この子も一度も会ったことはない。

コンラッドによく似た利発で美しい子供、しかもアルファだ。

コンラッドの世界で育てられたほうがずっとずっと幸せになれるし、この子の将来のためにはそうしたほうがいいのはわかっているけれど。

「……」

ハルは切ない眼差《まなざ》しでユッカを見つめた。この子を育てることが今ではハルの生きる支えになっている。そのためだけに生きているといってもいい。

「ごめんね、ハルくん」

こちらの表情を見てなにか気づくことがあったのか、ユッカが心配そうに謝ってくる。この子はこういうところがとても鋭いと思う。

「ううん、ごめんはハルくんのほうなんだ。さあ、そろそろ寝ようか」

ハルは笑顔を見せた。

「うん、寝る。あっ、あの本の続きがしたい」

目を輝かせて言うユッカがとても愛らしく、そして眩《まばゆ》い。

「ちょっとだけだよ、外はまだ明るいけど、本当はとっても夜遅いんだから」

ハルは棚から一冊の本をとりだして、ユッカのベッドの隣に座って本を広げた。

この本は、コンラッドがハルにくれた宝物だ。この世にいろんなことがあるのだと知るきっかけになった大切な本である。

隣の国スウェーデンで子供のために使われている教科書だったとか。アクティブラーニング――自分で考えるための本だ。

自分とは何なのか、自分はなにになりたいのか、男らしさ女らしさとは何なのか、今をどう生きればいいのか、自分の人生について空想してみたらどうなのか等々、わかりやすいイラストと一緒にいろんな課題が質問形式で記されていて、読んでいるだけでわくわくしてくる。

「じゃあ、昨日の続き。今日は、将来、なにになりたいか考えようか」

ハルはテキストをひらき、そこに描かれた絵を見せながらユッカに問いかけた。

「将来……？」

「うん、ユッカはどんな大人になりたいのか」

「どんなって……」

ユッカが首をかしげ、困ったように口を尖《とが》らせる。よくわからないような様子に、ハルはハッとした。

「困るよね、そんなこと……いきなり。ユッカはここの世界しか知らないんだから」

ユッカの知っている大人といえば、ハルと、それからサーミ人の人たち。トナカイを放牧して暮らしている彼らの姿しか知らない。

世界にはもっとたくさんいろんなことがあるのだけど、ハル自身、狭い世界しか知らないのでよくわかっていない。だからそれを説明するのはとても難しいのだ。

「世界か……ユッカね、いろんなこと知りたいな」

好奇心いっぱいの目を向けてくる息子を見ていると、不思議だな、と思う。

かつて自分が勉強した本を自分の息子と一緒にもう一度読む。勉強しているときは、それがどういう意味を持つのかなんて深く考えたことはなかった。

そうだ、なにもかもコンラッドに会うまで知らなかった。

社会というものがどんなものなのかもよくわかっていなかった。人が何者なのかも知らなかった気がする。

「そうだね、もっと広い世界を見に行こうね」

眠りについた息子の額を撫《な》でながら、ハルはぼそりと呟《つぶや》いた。

(わかっている。もっと広い世界に送り出さないと……この大切な子を)

その日を想像するととても怖いけれど、最後の夏——今年の夏を一緒に過ごしたら、この子をコンラッドの世界に届けよう。

そして、自分は……。

コンラッドさん。この子が約束の子です。ユッカと呼んでいます。

白夜の季節は夜になっても空は薔薇《ばら》色のまま。この北極圏に近い地方にきて、白夜というもの——夜がまったく暗くならないときがあることを知りました。

これがあなたが言っていた本物の白夜なんですね。初めて経験したとき、あなたのことを思い出してうれしくなりました。

これまで住んでいたところは、真夜中に少しだけ暗くなっていたから。

驚いて、そして感動しました。

（でも……あなたがいません。ここにはあなたが……）

彼のことを思いだすと、胸の奥がきりきりと痛くなり、どっと涙が流れ落ちてくる。ほおが濡《ぬ》れてきた。

「……ダメだ、泣いたりしたら。この子を守らないと」

コンラッドさん、あなたの大切なこの子を守ります。あなたが命がけで守ってくれたから産まれたこの子——命に代えても守ります。たとえなにがあっても。

いつかすべてを伝えたいから。

あなたがどんなに素敵な人だったのか。

どれほど二人が深く愛しあっていたのか。

どれほどたくさんのことをあなたが教えてくれたのか。

世界にはもっともっとたくさんの美しく、愛おしいものが存在して、どれほどユッカのパパのことを大好きだったか伝えたいから——。

†

いつも目を閉じると、あの日に立ち返る。
約束の子――ユッカをハルに与えてくれたコンラッドと出会った日。
彼と初めて会ったのは、四年前……まだハルが十八歳になったばかりのときだ。
北欧の黄葉した森にうっすらと雪が降り始めた初冬のことだった。
コンラッドと出会うまでハルは本当にこの世界のことをなにも知らないでいた。

はっきりと記憶の底からよみがえってくる。
市場での買い物帰りのことだ。
今にも雪が降ってきそうな、十一月中旬の日曜日だった。
湖と森とメルヘンの国と呼ばれるフィンランドの首都ヘルシンキ。
その日、ハルはいつものように朝から街の小さな市場にむかっていた。

ハルが下働きとして働いているのは街から離れた森の真ん中の湖の中洲《なかす》にある医療研究施設の社員食堂――そこから街に行くには、細く長い橋を渡らなければならない。

原生林に囲まれた湖が仄《ほの》かな朝の光をあび、淡い紫色に染まっていく。

そこはかとない静寂があたりを包み、生きているものはまったく見えない冬の光景。葉が落ちた原生林に包まれた暗い森は死んだ国のようだった。

湖の外に出ると、小さな市場がある。

ここにきて、新鮮な果物を探すのがハルの午前中の仕事だった。

自分が何者なのか、ハルはよくわかっていない。

ボサボサの黒髪、ボロボロのダウンコート。

くっきりとした大きな黒い瞳。肌は雪のように白く、湖面に映っている小柄な身体《からだ》は枯れ木のように細い。

年はもう十八歳だけど、小柄な上に日本人の血が流れているので、まだ、十三、四歳の子供に間違えられてしまう。

「ハルくん、ハルくん、今日は新鮮な林檎が入ったよ」

市場に行くと、顔見知りの果物屋が声をかけてくる。

「林檎、とっても大きいですね」

フィンランドの冬の旬の果物といえば林檎だ。小ぶりで酸味が強いのだが、デザートとしていろんな料理に使える。

「この林檎はとってもおいしいよ。ケーキに向いている」

「おいしいなら、みんなが喜びます。ではケーキにします」

今日のランチのデザートは林檎のケーキにしようと思った。

バニラがたっぷりの生地の上に林檎を並べ、濃厚なバターを載せ、シナモンを振りかけてこんがりときつね色になるまで焼くのだ。

そこにコクのある生クリームアイスを載せると施設のみんなが喜んでくれる。ルバーブティーを一緒に飲むのがいいらしい。

「今日はたくさん買っていきます」

林檎を一個だけ買ったときはいくらなのか、山盛りの林檎を買ったときは、一個の値段がいくらになるのか——世間のことはよく知らないけれど、ハルはこうした計算をするのがとても得意だった。

大丈夫、予算内だ。

頭のなかで数字を確認すると、ハルは研究施設から渡されているカードを手渡した。

「山盛りください」

「ありがとう。……ところで、ハルくん、研究施設で、誰かえらい人に不幸があったのかい？」

果物屋の奥さんが小声でまわりを気にしながら訊いてくる。

「えらい人に不幸？」

山盛りの林檎が入った袋を受けとりながら、ハルはきょとんとした顔で小首をかしげた。言葉の意味がわからない。数字の計算は得意で、一度見たものも全部写真のように覚えてしまうのだけど、他のことはよく知らないのだ。

「いいえ、えらい人の不幸ということを……ハルくんは知りません」

笑顔で答えるハルに、果物屋の奥さんが困ったように笑う。

「ああ、ハルくん、そうだったわね、ハルくんはちょっとダメだったね。数字の計算以外は、子供と変わらないんだったわね」

「いいえ、子供じゃないです、ハルくん、もう十八歳と一カ月です」

「そうね。ただいろんなことを知らないだけなのよね」

「ハルくんの知らないことは、知らなくていいことだと、おとーさんが言ってました」

「ああ、研究施設の所長さんね。ちょっと遅れているハルくんを育ててくれているのよね」

「はい、ハルくんは、所長さんのおとーさんと、おとーさんの息子のおにーさんに育ててもらっています」

「そうね、それは知ってるわ」

「はい、何度も言いました」

ハルは淡々と答えた。

「それでね、そのことじゃなくて、あのね……誰かいなくなったのかなと訊いているの」

「誰かって？　どうしてですか？」

「黒い服を着た人が大勢むかったから。牧師さまもいたはずだよ」

「黒い服？　研究施設はみんな白い服を着てますよ」

「だけど、不幸があると黒い服を着るんだよ」

「ハルくんはいつも黒いコートを着ています。ハルくんは不幸ですか？」

自分のコートをチラ見したハルに、果物屋の夫婦が目を合わせてクスッと笑う。

「質問したほうが悪かったわね。まあ、いいわ。今の話は忘れて」

「はい、忘れます」

「寒くなってきたから、ハルくん、早く帰りなさいね」

「はい、ありがとうございます」

ハルは林檎を胸いっぱいに抱え、市場に背を向けた。

「……雪だ」

市場を出たとき、ふっとほおに冷たいものが触れた。

その感触につられたように顔をあげると、分厚い雲に覆われた空から、はらはらと小さな雪の粒が降ってきていた。

「雪だ、雪だ」

一瞬、雨かと思ったけれど雪だった。

初雪だ。雪は不思議だ。世界が真っ白になる。

真っ白になった世界はすべて凍りつき、寒さのあまり外に長くいられない。太陽がないので心身に不調をきたすものも多い。だから好きじゃないと、おとーさんもおにーさんも言っているけれど、ハルにはその意味がよくわからない。

ただ星が他の時期よりきらきらと輝き、遠くのほうにうっすらとオーロラが見え、真っ白な雪が夜の闇を明るくしてくれるので、にぎやかな印象だった。

昨年は、この研究施設にあるハルの部屋から北の方向に六十五日間、オーロラを見ることができた。エメラルドグリーンの日が三十二パーセント、青の日が二十パーセント、あとは赤と紫とピンク色とオレンジの日があった。

「……」

林檎の袋を抱いたまま、もう一方の手で雪をつかもうと手を伸ばしたまま、ハルはじっと頭上を見あげていた。

どのくらいそんなことをしていたのか、教会の鐘が鳴ったことに気づき、ハッとした。

「あ、早く帰らないと」

遅くなってしまうと、ケーキが作れない。あわてて走りだそうとしたが、足が凍りついたようになって動かない。

「……っ！」

足をもつれさせたまま、よろめいたため、角を曲がってきた男性に思い切りぶつかってしまった。

「うっ！」

強い衝撃とともに、ハルはバウンドしてそのまま後ろにひっくりかえりそうになった。しかし一瞬だけ男の動きが早く、ハルの腰は彼の腕に支えられていた。

「……あっ」

身体は無事だった。

ただ腕に抱いていた紙袋の底が破れてしまい、林檎がころころと石畳の上に落ちていった。ちょうど降ってきたばかりの雪の上に赤い林檎が転がっていく。

見あげると、すらりとした長身の男性が立っていた。

北欧系というのか、目鼻立ちのはっきりとした綺麗《きれい》な顔をした男性だった。「あしながおじさん」のお話に出てきそうな背の高い男性だった。

黒いロングコートに、黒い服。不幸があった人だろうかと思って、じっと見つめていると、彼は少し険しい顔でハルを見つめた。

「ごめんなさい」

ハルを叱るときの、おとーさんとよく似ている。叩《たた》かれる、そんな気がしてハルはいつものように肩をちぢこまらせてしまった。

「……っ」

深々と眉間にしわを寄せ、男が不可解そうにハルを見おろす。その目がいつも一緒に寝ているぬいぐるみの狼《おおかみ》くんに似ている気がして、ハルは小首をかしげた。

「大丈夫か？」

彼はハルに問いかけてきた。

やっぱり似ている、狼くんのぬいぐるみに。おとーさんよりもぬいぐるみに近い。そんなふうに思いながらぽかんとした顔で見あげていると、彼は静かに謝ってきた。

「すまない、前方不注意だった」

男はハルから離れると、地面に落ちた林檎を拾い始めた。

「すみません、拾います」

あわててハルも地面にしゃがんで林檎を拾い始める。

「ありがとうございます、拾ってもらってすみません」

「いや、それより紙袋が破れたようだな。他になにか袋は？」

「いえ」

「じゃあ、俺のを使ってくれ」

男性は手にしていた紙袋から書類を出してカバンに入れなおし、そこに林檎を入れ始めた。

「これを」

間近で見ると、アクアマリンのような美しい青い瞳に吸いこまれそうな気がして思わず目を見ひらいてしまった。

「どうした?」

男がふっと目を細める。不思議そうな顔をしているのが余計に美しくてハルは驚いような顔で言った。

「夏の空みたい」

「夏の空?」

眉をひそめ、困惑したような顔で男が問いかけてくる。

「はい、あなたの目は夏の空のように綺麗です。お顔も綺麗です。狼くんのぬいぐるみに似ているかと思ったけど、ちょっと違う気もしてきました。ハルくんは、あなたみたいに綺麗なひとを初めて見ました」

彼はあまりにハルがストレートに言ったことに驚いたようだった。

「おもしろいことを言うな。だが、きみのほうがずっと綺麗だ」

「はい、ハルくんはみんなから綺麗だと言われます」

ハルの返事に彼は口元に小さな笑みを浮かべた。

「ああ、天使のようだ。一瞬、羽が生えているのかと思った。だから思わず立ち止まってぶつかってしまった」

「おじさん、変ですよ、ハルくん、羽は生えたことありません。天使ではないです、人間にしかなったことないです」

ハルが笑顔で言うと、彼はクスッと笑った。

「ああ、もののたとえだよ」

もののたとえ?

よくはわからないけれど、何となくそんなイメージという感じだろうか。それなら、いいことだ。羽がある天使のイメージはとても素敵だから。

「ハルくんというのか、きみは」

「はい、みんな、ハルくんと呼びます。ハルくんの名前は日本人のお母さんの国の言葉では、春の意味です」

「それはいい。きみの笑顔は、確かに春の陽《ひ》だまりのようだ」

すべての林檎を袋に入れると、男はハルに袋を手渡した。

「ありがとうございます。春の太陽はいいものだと思います」

「そうだ、いい意味で言ったんだ。それにしても、いい林檎だな。香りもいい。雪がクッションになってくれたおかげで傷はついていない」

「よかったです」

「あ、ああ。足りなくないか？」

「あ……大丈夫です。七つ、林檎が入ってましたから」

ハルが袋をぎゅっと抱きしめると、男はまた眉をひそめた。

「待て。そこ、擦りむいている。怪我《けが》をしたんじゃないか」

男はハルの手首に手を伸ばした。ふっと消毒薬のにおいがしてきた。このひと、お医者さんだろうか。

「これは大丈夫です」

「寒くはないか？」

「あ……いえ。あの……どうして寒くないかって」

「薄着をしている」

「大丈夫です……多分……」

「多分？」

「感じないんです、そういうこと」

「感じない？」

男が不思議そうに眉をひそめる。

「寒さも暑さも……痛みも……よくわからなくて……」

人間の感覚のなかで、おいしいということと、いい香りということだけははっきりとわかる。だから食べ物を作るのが好きだし、おいしい香りや花の香りもよくわかる。

「では、この怪我も？　こんなに痛そうなのに」

男はハルの手をつかみ、手首の傷跡をじっと見つめた。

「はい、痛くないです。ハルくん……頭が弱いから痛くないんです」

「頭が弱いのと痛くないのとどう関係あるんだ」

「関係ないんですか？」

「関係ないはずだが、どうしてそんなことを……説明してくれ」

「ハルくんは数字の計算は誰よりも早くて、記憶力もいっぱいありますが、他のことの頭がちょっとダメで、痛いのもわからないんだって。残念な不良品だと言われています」

「誰にそんなことを。……親か？　日本人の母親がいると言っていたが」

ハルは笑顔で首を左右に振った。

「親はいません。日本人の母親と会ったことはありません。生まれたときから別の人のところにひきとられました。その親の代わりのおとーさんがそう言いました。ハルくんは使い物にならない不良品だそうです」

「ずいぶんひどい義父だな。よくそんなことを……」

「おとーさんはひどくないです。ハルくんのおとーさんです」

「ああ、すまなかった、きみの義理の父親を悪く言って。だが、俺の見たところ、きみは頭の回転も早いし、言葉も明瞭だし……おそらく……別の意味で天才だ」

「え……」

ハルは首をかしげた。

「それはいいとして……自分を不良品だと思うのはやめたほうがいい。この世に不良品なんていないんだから」

「そう……なんですか？」

「そうだ」

この人の言うことと義父《おとーさん》の言うことどちらが正しいのかわからない。けれど、そうじゃないのならいいと思った。

ずっと義父から『ハルは不良品だから』と言われてきたので、そういうものだと思ってきたけれど。

「きみは残念な不良品じゃない。それどころかとても素敵だよ」

「素敵っ？」

初めての言葉にハルは驚いたように目をみはった。

「それで……両親はもう亡くなったの？」

「……」

両親――――。両親のことは知らない。養子にしてくれた義理の父親に育てられたのだから。医療研究施設の所長で、博士と呼ばれている頭のいいお医者さんだ。

その義父からずっと『残念な不良品』と言われ、研究施設の職員たちからも『残念』『残念』とがっかりとした目で見られてきたが、そうではないと思ってくれる人がいるのはとてもいいことだと思った。しかも『素敵』だなんて。

「ハルくん、両親は知りません。素敵と言われたこともありません。傷がついた林檎みたいに、売り物にならない存在だと言われています」

「売り物?」

「はい」

彼は目を細めて何とも言えない眼差しでハルを見たあと、口元に笑みをきざんだ。その笑みはとても澄んだ冬の空のような気がした。

「そんなことはない、そもそも人間は売り物ではない。きみは……数字の計算以外に得意なこともあるだろう?」

声もそうだ。底まで透けて見えそうな、澄んだ湖の水のよう。

「それならいっぱいありますよ。おいしい料理はいっぱいいっぱい作れますよ。今日はこれで林檎のケーキを作ります」

「どこで?」

「この先にある大きな医療研究施設というところの食堂で働いています。そこで皆さんにいっぱいお菓子を作っています。ハルくんの頭は残念だけど、お菓子はとっても上手だって褒められます。それからアイロンも得意です」

早口で説明するハルに、彼は、ふんふんとうなずき続ける。そしてハルが話し終えると、彼は静かに言った。

「いつか食べさせてくれるか?」

「えっ、食べたいんですか?」

「ああ」

「……」

どう返事をしていいかわからず、ハルはぽかんとした顔で彼を見つめた。

「いやなのか?」

「いえ」

ぷるぷると首を左右に振る。

「わかりました。いつか作ります」

施設のひと以外に、お菓子や食事を作るなんて考えたこともなかった。だからすごく驚いた。でも食べたいと言ってくれるひとのために作りたい。そんなふうに感じた。

「じゃあ、約束だ。……が、その前に、きみの怪我、まだ血が止まらないね」

彼はハルの手をとり、持っていたハンカチで優しく手首を拭き、なにか傷口にすりこんでくれた。

「今、急いでいるからすぐに手当てできないが、あとでここに電話して欲しい」

男はポケットから白い紙片を出した。

「これ？」

「これは名刺だ。俺は医者だ。だからハルくんの怪我の手当てをしたいんだ」

「名刺って何ですか？」

「名刺は名刺だ。そこに名前が書いてあるだろう」

ハルはじっとそのカードを見たあと、首をかしげた。

「ハルくん……字が読めないです」

「そう……読めないのか」

「いえ、林檎やじゃがいも、看板に書かれている文字は、なんとなくわかります」

読みたいけれど、義父から読まなくていいと言われてきたので文字はよくわからない。ただ買い物で必要な文字や日常的に見かける文字は形として記憶してしまった。

「……わかった。だが、記憶力はいいんだったな。数字を言うから、覚えて欲しい」

男が電話番号という数字を教えてくれた。

「はい、覚えました」

ハルは三回ほど立て続けにそれを口にした。

「さすがだ。本当に記憶力がいい。よし、では、明日にでも電話を」

「ハルくん、電話は持っていないので」

「そうか。なら、そうだな、じゃあ、今夜、ここでもう一度。仕事が終わったときに」

「仕事が終わったあと、ここにくるんですか？」

「何時に終わる？」

「仕事が終わるのは夜の八時です」

「ちょうどいい。俺もそのころには用事が終わる。では、あの店に。そこの角の店で待ち合わせしよう」

彼が視線を向けたところに、小さなカフェがある。

妖精の絵が描かれている。ラテンパブと書かれているが、どんなお店だろう。そんなところに入ったことはないけれど、小さな妖精のパッカネンと羊の絵があまりにもかわいくて入ってみたくなった。

「はい、わかりました。ハルくん、入ります」

手を振って彼に背をむけようとしたとき、彼がその足を止める。

「待て」

「はい？」

「これを。そのままだと風邪をひく」

「何ですか、これ」

「……マフラーと帽子だ。きみに」

首にマフラー、頭には毛糸の帽子。ハルは驚いたように目をみはった。

「ふわふわして気持ちいいです」

こんな綺麗なものをもらうのは初めてだ。

「気持ちいいのはわかるのか？」

「はい。うれしいのは気持ちいいことです。今、ハルくんはとってもうれしいです。ありがとうございます」

ハルは目を細めてほほえんだ。彼は少し返事に困ったようにして口の端を歪《ゆが》めて笑った。

「おじさん、ありがとう。いっぱいありがとう」

すると彼は少し不機嫌そうな顔をした。

「おじさんではない。さっきもおじさんと言ったが」

「え……」

おじさん――そんなに嫌な言葉だろうか？

「まだ二十代だ。といってももうすぐ三十だが、それでもまだお兄さんの年齢だ」

少し照れたように苦笑いする表情はやはり狼のぬいぐるみに似ている。

「あ、はい、ごめんなさい、お兄さん」

ハルは肩をすくめて笑った。

「名前はコンラッドだ」

「はい、コンラッドおじ……いえ、コンラッドのお兄さん」

「そうだな、コンラッドおじさんより、コンラッドのお兄さんのほうがいい」

不思議なお兄さんだ。

そう思った。

さあ、早く帰ってアイロンをかけないと。それから林檎のケーキも作らないと。

そして夜、妖精さんのお店にいく。

そう思うと、急に胸がドキドキしてきた。オーロラが見えたときの気持ちと少し似ている。

だからきっといいことがある。

そんな予感を抱きながらハルは帰路についた。

それがハルとコンラッドの出会いだった。
ヘルシンキ郊外――林檎を買った市場から、森のような国定公園を横切り、橋を渡った先の湖のなかにある医療研究施設がハルの職場だ。

厳重に警備がなされていて、橋の手前と奥とにそれぞれ検問所がある。

ここで生まれ育ったハルは、顔認証で出入りができるのだが、外部のものはものすごく厳しく調べられるらしい。

湖のほとりから中洲にある医療研究施設までは、車一台が通れる橋がかかっている。ハルはそこを歩いて帰る。

市場に行くときは、まだうっすらと霧がたちこめていたが、今もちらちらと降り始めた雪が湖面に落ちては溶けていく。

もうすぐ本格的な冬になれば、ここの湖は凍ってしまうだろう。

ハルは立ち止まり、ふと湖に映る自分に視線を向けた。さっきのコンラッドというお兄さんの言葉が胸をよぎる。

『とても素敵だよ』

素敵だなんて言われたのは初めてだ。

帽子とマフラーをもらったのも初めてだ。あの人は怪我の手当てをしたいと言っていたけれど、友達になってくれるだろうか。

(あ……でも……おとーさんに叱られるかな。おとーさん、お仕事が忙しくて……最近、全然会ってないけど……市場の人以外と話をしちゃいけないと言われていたから)

ハルは自分が何者なのか、なにも知らない。

生まれたときから、よくわかっていない。

オメガという性別らしいけれど、両親の遺伝子の組み合わせが悪かったらしく、不完全なオメガとして生まれ、ここでしか生きられないと言われていた。

医師である義父と義兄《あに》、その二人と市場の人以外とは親しく言葉をかわしてはいけないとも。

だけどコンラッドは、何となく義父と義兄と似ていたので、話をしてもいいような気がしていた。

お医者さんという同じ仕事のせいなのかもしれない。それに、顔の輪郭や身体の形も似ている気がした。

話をしているときの雰囲気も印象も違うのに。

『きみは残念な不良品じゃない。それどころかとても素敵だよ』

あんなことを言われたのは初めてだ。あのひとを見ているだけで、春、林檎の花が咲いたときのような気持ちになる。

あたたかくて、甘酸っぱくて、ずっとそこにいたくなるような気持ち。

（本当に不良品じゃないのかな。この世に不良品なんていないと言ったけど）

でもおとーさんはそう言っている。ヨーランという名前のおにーさんからも、他のオメガと違うと言われた。

『ハルくん、きみはね、性別的にはオメガだけど、他のオメガの人たちとは違うんだ。今、オメガは数少なくて、もう人工授精でしか誕生しないんだよ。自然の営みから誕生するのは、少数民族などで文明から離れた場所だけになってしまった』

おにーさんによると、ハルのように両親の営みから自然に誕生したオメガは殆《ほとん》どなく、日本人の母親があつかいに困っておとーさんに相談し、そのまま養子になったとか。

『もう今は、人工的な力を加えないと、オメガは誕生しないし……オメガとの間にしか子孫を残せないアルファのために、オメガはとても厳重に管理しないといけないんだ』

よくわからないけれど、おにーさんはそう言っていた。

『管理しているおかげで、優秀なオメガばかりが誕生している。だけどハルくんは違うんだ。自然に誕生した。だからあえて何の管理もせず、自然に任せて成長させてきた。そのデータはとっても大切なんだ。子供ができてもできなくても、発情期があってもなくてもどっちでもいい。ただ……きみの存在を外部に知られたらなにに利用されるかわからない。だから、ベータたちのように自由に生きていくことはできないんだよ』

そんなことを言われてきたけれど、ハルにはその意味もよくわからない。

とにかく、ここを出て外で生きていくことはできないということだけはわかった。

ここの施設にいるオメガたちとも違うということだ。

ハルは湖面に映る自分の左の耳についた小さなピアスを見た。

この研究施設から一マイル以上離れた場所に行くと、ピアスが作動して身体が動かなくなるらしい。

『きみはね、不完全だから危険なんだ。だから危険から守るため、ピアスを取ったらダメだよ。その瞬間、爆発するから』

どうして不完全だと危険なのか。どうしてピアスをしなければいけないのか。その理由を考えたことはないし、それでいいと思っている。

だから遠くにも行けない。あの市場までしか。

それでも別にどこかに行きたいと思ったことはなかった。

おとーさんが所長なので、ここの施設の人はみんな親切だ。

ハルがおとーさんの言いつけに従っている限り、ここの職員はみんな優しい。仕事も好きだ。

ここにいる『完全なオメガ』たちの、とりわけエリートと呼ばれる人たちの世話をするのがハルの仕事だ。

エリートのオメガの人たちは、ハルのことを好きではないみたいで、時々、意地悪なことをしてくるけれど、いつもおとーさんが助けてくれる。おにーさんも助けてくれた。

（でも今日も昨日もふたりに会っていない。おにーさんは何日か前にもしかするとしばらく会えないかもと言っていたけど……）

おとーさんからは、たくさん注意されて、たくさん叱られるから、とても怖い。けれど、会えないのは淋しい。おにーさんとも会っていない。

研究施設に入り、厨房《ちゅうぼう》で林檎を洗っていると、窓ガラスのむこうに大きな黒い車が見えた。

そこから出てきたひとを見て、ハルは「あっ」と声をあげた。

「あれは」

さっきぶつかった人だった。

他にも何人か同じような黒い服を着た人たち。全員、似た服や靴を身につけている。それに牧師さんがいる。不幸があったのだ。

(でも……不幸って何だろう)

不幸……。

その意味がわからない。あとであの人に聞いてみよう。

ハルはそんなふうに考えながら林檎のケーキを作り始めた。

2　バニラ林檎のケーキ

北欧——森と湖の国と呼ばれるフィンランドの首都ヘルシンキ。
コンラッドがヘルシンキにくることになったのは、その前日のことだった。

オメガの少年ハル——彼と出会う前、コンラッドは隣国のストックホルムにいた。

その少し前、医師として一つの仕事を断ろうと決めた。

断ったといっても、断られる前に断ったに過ぎない。

北欧一巨大な大学病院の脳外科医として将来を嘱望されながらも、恩師の助手として参加した手術で大きな医療事故が起きてしまった。

手術中、恩師のミスに気づいてフォローしようとしたものの、一ミリの狂いも許されない一秒を争う現場ということもあり、すんでのところで間に合わなかった。

それが大スキャンダルになって以来、チームのメンバーだった責任を感じ、コンラッドはしばらくの間、臨床の現場を離れ、かねてから誘われていた大学の脳進化学の研究室に一時的に勤務することにした。

このまま、脳外科の基礎的な、脳進化学の研究室で、研究者としての道に進むのも悪くない。研究室で黙々と働くのは好きだ。

生理現象や疾患の本質的生命現象のメカニズムを解明し、新薬の治験などから治療方法を解明していくのも大事なことだろう。

しかし救命救急病院を運営している母からは「脳外科医としてうちで働かない？　需要はとても多いし、私も助かるわ」と、再三、誘われていた。

どちらも魅力的ではあるものの、脳外科医として手術の場にいることに刺激を感じ、さらなる技術の取得に野心がないわけではない。第三の道として、異国の大学病院で脳外科医としてやり直すという方法もあった。

そんな三つの選択肢で思案しているところだった。

（できれば……あまり人と関わらないところがいい。そのほうが気楽だ）

だが、そう思うたび、父のことを思い出して自己嫌悪に陥るのだ。

父は研究一筋の医師で、そのためなら、人道に反することも平気でできるような性格をしていたらしい。

結婚後、そのことがわかり、母は何年か後に父と離婚した。

『医師として最低だったわ。といっても臨床医にならず、医療施設で研究者になる道を選んだんだけど、生徒への講義も難解すぎると評判が悪くて。もう少しわかりやすくやったらとアドバイスしたら、理解できない生徒がバカだなんてひどいことを言って……』

母がそんな話をしていたのを記憶している。

それ以上のくわしいことまでは聞いていなかったが、純粋に医師として人道的な志をいだいて働いている母からすれば、父は許せない存在だったようだ。

今は隣の国のフィンランドにいるが、物心つく前に両親は別れてしまったので、その後、父と会ったことは一度もない。

子供のころに母はその名を口にするのすら嫌悪していたので、彼女の前で父の話はできなかったが、ネットでそっと検索したことはある。

遺伝子学の権威としてヘルシンキの医療研究施設の所長をつとめているようだ。コンラッドの兄で、医師でもあるヨーランとともに。

写真を見ると、二人とも自分と似ていた。

さすがにもう年月も経《た》っているので、今度、改めて母に訊いてみようなどと考えていたとき、ふだん勤務している研究室の教授から、医学部を目指す高校生相手に、週に一度、進化生物学の講義をするようにと命じられた。

『コンラッド、進化学についての講義をぜひ』

『無理です、高校生相手の講義なんて俺にできるわけがない』

『大丈夫だ、そんなに難しいことはしなくていいよ。むしろわかりやすく、嚙《か》み砕いて、ユーモアなんかを交えて、楽しくお喋《しゃべ》りしてくれればいいから』

その言葉に絶句してしまった。これまで一度もそんな話し方をしたことはない。

『無理です、思いつきもしないです』

『そうだな、きみは本当に仕事にしか興味のない堅物だ。だからこそ、たまには他人とコミュニケーションをとるのも大事じゃないのか。新鮮な気持ちになったら、今、行き詰まっていることも新しい視点からいい発見ができるかもしれない』

行き詰まっていること——三つの選択肢のどれを選ぶか。

確かに机に向かってばかりではなく、少し新鮮な空気を自分のなかに入れたほうがいいかもしれない。

そう思って講義に赴いたのだが、教壇に立ったコンラッドは早々に激しい挫折と自己嫌悪におちいった。

高校生を相手に何をどう話せばいいのかさっぱりわからなかったのだ。

(悪い癖だな。自分の頭ではわかっているのに、他人にうまく話をすることができない。昔からそうだ。だから教授はわざと今回のような仕事を持ってきたのだろう)

面倒くさいのだ。他人にそんな話をするのが。その点、手術室で脳だけを相手にするのはいい。他人が介在しないので好きだ。

授業が終わると、廊下に出たコンラッドに、生徒たちの声が聞こえてくる。

「コンラッド先生の講義、難しかったね。ついていけなかったよ」

「ああ、難解すぎる」

「私は好きよ、まじめそうだし、かっこいいし。授業は理解できなかったけど」

「確かに、俺もさっぱり理解できなかった」

講義が下手だというのはわかっている。しかしそれよりも問題なのは、自分のなかにある苦手意識だ。

「わかりやすく」「楽しく」という説明など面倒でしかたなかった。

それ以前に他人とのコミュニケーションが得意ではない自分が、人前で講義をするということ自体、無理があったのだろう。

「コンラッド先生は、今後は講義から外して欲しいとお願いしておきますね」

「お願いします。コンラッド先生、かっこいいから楽しみにしていたんですけど……講義が難し過ぎて」

職員と生徒たちの会話が耳に聞こえ、コンラッドは内心で苦笑いした。

（これでは父と変わらないではないか。母から聞いていた父の姿と……）

この国では学者が研究一筋になって世間からずれていかないようにと、子供たちへの講義ができない研究員は必要ないとされている。

このままだと研究者としての未来もないということになる。臨床医としても研究者としても課題は同じ。人とのコミュニケーションだ。誰もが自然にできているように思えるのに、なぜ自分にはそれがこんなにも難しいのか。なにが原因なのか。それがどうにももどかしい。かといってそうしたものをすべて捨てて、ふっきれたように手術の技術向上のみに専念することも研究に専念することも……心の奥でなにかがストッパーとなってためらってしまう。

幼いときの両親の口論の記憶のせいか。父はコンラッドが高熱を出しても研究優先で母と口論が絶えなかった。

『ヤン、あなたは息子や家族よりも、進化のプログラムが大事なの？』

『子供の熱なんてすぐに下がるさ。それより見ろよ、この寄生蜂とセグロシャチホコの新しいデータを。別の生き物に寄生して子孫を増やす蜂……遺伝子データを改良した解析結果が素晴らしくて目眩《めまい》がする。神秘的な進化だ。成功すれば、学会で発表が……』

『勝手にすればいいわ。私は医師として目の前で困っている人の役に立ちたいの。あなたとは生き方が違うようね』

そんな会話をうっすらと記憶しているせいか、父のようにはなりたくない、家族をかえりみないような人間にはならない、絶対に違うタイプの医師になる——そう思ってきた。

だが結局、父と同じ研究をしているときが一番気楽というのは何という皮肉か。

今、自分でも同じ進化プログラムを研究している。何とか動物でのデータは集まった。

これを人体にどう応用していくか――ネットで検索していると、父の論文が出てきた。

他の生物に寄生する形で、胎児を人工的に成育させることができないか――という研究を行っていた。

（それが……オメガか）

アルファの女性が妊娠しづらくなり、アルファの子孫のため、遺伝子的に相性の良いオメガを代用し、子供を作ることになった。

だが、ここ数十年の間にオメガという性自体が少なくなってしまった。

それもあり、父はアルファとオメガの遺伝子から人工的に子供が生まれないかの研究を重ねていたらしいのだ。

しかし倫理的、人道的に問題があるとして、法的に人工的なオメガの生成研究が禁止されるようになってしまった。

父は研究を断念したようだが、そのころに両親が離婚している。

母はそうした人道に反する研究をしていた父がどうしても許せなかったらしく、父から離れるため、フィンランドからこのスウェーデンに移住してきた。

離婚したあと、父が兄のヨーランを、母が弟のコンラッドを引きとった。

母が院長をつとめている病院はストックホルムでも郊外にあるため、医大に進学してからは、コンラッドはずっと市街地でひとりで暮らしていて、それを淋しいと思うこともなく、淡々と研究に専念してきたのだが。

「コンラッド、ちょっといい？」

研究室に現れたのは研究室長のアンナだった。母の友人でもあり、脳進化学の権威でもある。

「さっき、シャリテーにいる脳外科のミュラーという医師から連絡があったんだけど」

「シャリテー？　ああ、ベルリン医科大学附属病院か」

通称シャリテーというのは、ベルリンにあるドイツ最大の医科大学である。

「あなたを正式にフェローとして招待したいそうよ」

「その件か」

脳外科医としてもう一度現場に立てないか、ドイツの大学病院に打診していたのだった。

「では、審査を通ったのか」

「そうみたいね。現場で働きながら、最新の技術や医療方針を学ぶなんておもしろそうな話じゃない、行ってみたら？」

「では、高校での講義はもう？」

問いかけると、アンナは神妙な顔でため息をついた。

「あなた……生徒に評判よくないのよ。知識は十分なんだけど、人間性に欠けていて、怖いという人がけっこういるの」

「……だからやめろと？」

知識は十分だが、人間性に欠けている……か。

「シャリテーに行くなら、それを理由に自分からやめられるわ。さすがに政府が推奨している仕事なのに、あちらからやめさせられるのは外聞が悪いでしょう」

それはそうだが。

「父親にそっくり……と言ったら、いやかもしれないけれど……コンラッド……顔だけじゃなく中身も似てきたわね」

まともに会ったことのない父親のことはどうでもいい。ただ、父のことを知る人間からは、似ているとよく言われてしまう。

実際、自分もそう思う。淡いブロンド、アイスブルーの双眸《そうぼう》、長身、冷ややかな風貌は写真のなかの父と酷似している。母とはあまり似ていない。

「そういえば、あなたのお兄さんのヨーラン先生だけど……彼とはコンタクトを取っているのよね？」

「ああ、最近」

最近——といっても、半年ほど前だが、連絡がきた。

父のことでも仕事のことでもなく子供ができたという報告だった。パートナーにしたオメガとの間に子供ができたので、そのまま結婚するつもりだ、と。

二十年ぶりくらいに話をしたのだが、やはり兄弟のせいか、長い間、離れていたような気がしなかった。

『結婚はいいぞ。オメガでもアルファでも、コンラッドも相手を探せばいいのに』

兄はそんなことを言っていた。

（俺は……別にオメガと見合いをしたいとは思わないが。かといって、アルファの女性と結婚したいとも思わないし……）

医学以外に興味はない。ということを考えると、中身も父と似ているのかもしれない。

（そういえば、その後、どうなったのか何の連絡もない。子供が誕生したら連絡すると言っていたけど。パートナーとはうまくいったのだろうか）

スマートフォンを手に、ＳＮＳのアプリを確認し、どうなったのか問い合わせてみた。

これまで何度かやりとりしたときはすぐに既読がついたのだが、数日経ってもメッセージに既読がつくことはなかった。

めずらしいことがあると思ったその夜、知らない番号から電話がかかってきた。

フィンランドの警察からだった。

兄が事故で亡くなり、父のヤンも重態――という報《しら》せだった。

ハルと市場の近くで出会う前日——。

早朝の飛行機に乗り、コンラッドは母親とともにヘルシンキへとむかった。

「……今回はお世話になりました」

「どうかお気を落とさずに」

警察で母とともに兄の遺体の確認をした。さすがにショックを隠せないまま、母はすぐにホテルにチェックインした。

「ヨーランが運転していたみたいね。崖から落ちて湖に転落だなんて。アルコールが検出されたみたいだけど、パートナーのオメガも産まれたばかりの子供も即死だなんて。後部座席にいたヤンだけがかろうじて助かったみたいだけど……時間の問題だとか」

「兄さんがアルコールというのはおかしくないのか？」

話をしたかぎり、冷静で生真面目な印象だった。

「ごめんなさい、今はまだ考えられないわ。一人にしてくれる？」

「わかった」

コンラッドは首都ヘルシンキから車で一時間ほどある郊外へとむかった。

そこに兄がパートナーと暮らしていた家があるからだ。

兄の遺体は、そのまま彼が働いていた医療研究施設に運ばれ、明日、解剖されるらしい。

その医療研究施設には、父が意識不明のまま入院しているが、今は会うこともできないとか。まだ朝早いせいか、ジョギングをしている人の姿をよく見かける。

そういうところは、コンラッドが生まれ育ったスウェーデンと変わらないが、森と湖の国といわれているとおり、いたるところに湖が広がり、その周りには葉の枯れた木々が森のように広がっている光景は、この国特有のもののように思う。

朝の光を浴びた湖が光を反射して、車を運転していると眩《まぶ》しくて目が痛くなる。

警察で聞いた話によると、兄は大学病院で内科医として勤務しながら、研修目的で、父と同じ医療研究施設に週に一度だけ顔を出していたらしい。

兄が暮らしていた郊外の建物には人が暮らしている気配はなかった。ほとんど使っていないようなサウナ、それから寝具のみ。

本当に兄はここに住んでいたのだろうか。パートナーがいた気配もない。

と不思議に思っていたとき、女性が訪ねてきた。

「コンラッドさん?」

「え、ええ、そうですが」

「私、ここの管理人もしていて、あなたが来たら、渡してと頼まれていたんだけど」

「え……」

「これだけど。いろんな人に、ヨーランからなにか預かっていないか訊かれたけど、なにも答えてはいないわ」

一枚のメモ。二人で読んだ童話のタイトルが書かれていた。本能的に悟った、これはパソコンのパスワードだ、と。

「……ありがとうございます」

まだ両親が離婚する前、兄がよく読み聞かせてくれたムーミンの絵本は、二人にとっての唯一の思い出だ。

英語のタイトルの第一話から第三話を二人のパスワードにしていたのだ。コンラッドのパソコンから、クラウドを使って確かめることができた。

そこに出てきたのは、「遺伝子細胞の共生的培養によるオメガ創造の研究記録」——と記された論文だった。

（こんなことが……）

北欧のある大手製薬会社からの出資を受け、ヘルシンキ郊外の湖にある小さな島全体を研究施設にし、そこでオメガを人為的に誕生させていたらしい。

（やはり……父さんは研究を諦めていなかったのか）

この北欧四カ国では、オメガは国家によって厳重に管理され、決して「恋」をしてはならないという法が定められている。

ごく限られた数のオメガしかいないためだ。つまり特定の相手と恋愛関係に陥り、管理下以外での性行為をしてはならないという法律だ。

（……昔は……自由に相手を選べたらしいが、政治的に利用しようとするものが後をたたず、経済が破綻しかけたことや国家間の紛争や内乱、ロシアの脅威を招きそうになったこともあり……今では国家によって厳しく管理されるようになったという）

しかるべきアルファとしかるべきオメガとの「つがいの契約」。

そのため、オメガはそれぞれ知能指数や健康状態、容姿によって四段階にランク分けされている。

Aクラスのエリートオメガは、政治家やセレブが相手。

Bクラスは学者や教育関係者、企業家など。

Cクラスは、アルファのなかでも裕福ではないもの。

そしてDクラスは生殖能力を持たない、あるいは生殖の可能性が極めて低いオメガ。

AからCクラスのオメガは国家指定の婚活用の施設で、それぞれ「つがい」を探すパーティに出席する。

そしてそこで相手を選ぶシステムになっている。それ以外の場所で「つがい」になってしまうとオメガは逮捕され、囚人のような生活をし、徹底した再教育を受けることになっている。

（確かに……今、アルファの子を孕《はら》むことができるのはオメガだけだが）

環境問題が原因で、アルファの女性が妊娠する確率が低くなり、今では高度な医学的技術のある病院での体外受精以外に方法はない。

そうして苦労を重ねたものの受精率が低いため、結局、アルファの男性はアルファ女性と結婚をしたとしても、オメガを「つがい」にし、後継者を残そうとするケースが多い。

それでも年々オメガの数が減り、今では奪いあいになっている。

そうした問題をどうにかするため、あちこちで競いあうように研究がなされているようだが、どうやら父が所長を務めている施設では、企業と政治家の力添えもあり、人工授精によって誕生したオメガに情操教育を与えず、健康と容姿に優れたものだけを選び、Aクラスのアルファと優先的につがい契約を結ばせていたらしい。

(教育を与えず……か。人道に反している。つまり自分たちにとって都合のいいようにしていたわけか)

そこでの恋愛は禁止。あくまで子孫のための契約をする——となっている。

巨大な資本と巨大な組織……。兄のパートナーもそこにいたオメガだが、二人の遺伝子的な相性が悪いとして組織から引き離されそうになった。

このことを告発し、自由な恋愛のもと、パートナー契約を結ぼうとした矢先の事故。

(兄さんは……殺されたのか?)

月も星もない夜、上空からしんしんと雪が降ってくる。本格的な冬の訪れなのだろう。空気に冬の香りが混じっている。

どこからともなく壮大なクラシック音楽が鳴り響いていた。フィンランドの作曲家シベリウスの有名な曲だ。

(そうか、来月の独立記念日にむけて各ホールでコンサートが行われているのか)

街の壁に貼られたポスターをいちべつし、コンラッドは路地を進んだ。濃い闇に沈んでいた路地裏の石畳を今にも消えそうな街灯が青く染めている。

強い風が吹くたび、さらさらと枯れた草が重なりあう音が響き、カタカタと湖の船着場につながれたボートがブイにぶつかる音が聞こえてくる。

今日のうちに兄のデータはすべて自分のクラウドに移動させた。

(施設のことが世間に公表されたらどうなるのか。遺伝子を組み合わせ、アルファの種の存続をくりかえしていたなんて)

いっそクローン技術でも発展させれば良いものを。

もちろんそれも違法だが、感情のない、子供を作るためだけのオメガをこの世に誕生させることがどれだけ罪深いか。

そして人工的に発情期をうながし、月に一度、施設内のホールで見合いパーティと称して出会いの場を作る。

だが時折、それを機に感情を宿してしまうオメガがいる。兄の相手はそんなオメガだった。

（そのあたりの謎は、まだ医学的に解明されていないのか）

進化学の専門医としては研究に興味はあるが……かといって違法なことをする気はない。そんなことをしたら身の破滅だ。

それよりも医師としての技術を向上させるほうがいい。

余計なことに触れるのはやめよう。

そう思うのだが、彼――ハルのことが気になってしまった。

さっき会った、林檎の買い物に出かけていた施設で働く少年ハル。

偶然を装ったが、実は彼と接触するつもりで跡をつけていた。

（……不思議な少年だった。驚くほど……純粋な）

彼の傷口を拭いたハンカチ。付着した血液を調べるつもりだ。兄の残したデータで十分かもしれないが、念のため。

（それに……）

自分でも不思議だが、彼と話しているだけでなぜか胸が高鳴った。

『おじさん、ありがとう。いっぱいありがとう』

彼の笑顔。まっすぐこちらを見つめる眼差しに触れていると、ふっと身体の奥を澄んだ空気が駆け抜けるような心地よさを感じた。

あの無垢《むく》さ、何にも染まっていない透明感……。

彼の周囲だけが美しくひっそりと静まり返っているように感じた。

そう、まるで時間が止まったように……。

ハルの浄《きよ》らかな空気に触れているうちにふいに視界が明るくひらけたようになり、胸の奥からこみあげてくるものがあった。

自分が本当はなにを望んでいたのか。研究も手術も好きだが……それだけでは満たされない心の奥。父のようになりたくないと思っていた気持ちの根本は何なのか。

なぜ、高校生の講義ができなかったことにあれほどの自己嫌悪を感じたのか。医師として、本当に自分がしたかったのは――――。

そんなことを考えながら湖沿いの道を進もうとしたとき、コンラッドは物陰に潜む人影に気づき、眉をひそめた。

闇を溶かしたような湖畔の森から、骨を凍らせそうな冷たい風が吹いてくる。

(つけられている)

先ほど、研究施設に入院中の父を見舞い、兄と一緒に事故死したというパートナーのオメガの葬儀にも立ちあった。

あの研究施設内にあるオメガ専用の宿舎で生まれ育った兄のパートナーは、そのまま敷地の奥にある墓地に葬られることになっている。

解剖のデータを見せてほしいと頼んだが、部外者なのでできないと断られた。兄のほうも断られた。父が意識不明の重態になっている今、どうすることもできない。

コンラッドは通りの角にある店の、黒いドアに手を伸ばした。

「……」

扉を開けると、ひときわ大きなラテン系の音楽の音色が耳にとびこんでくる。昼間はただのカフェだが、夜はダンスホールとなっているらしい。

最近、ラテンポップスが流行しているようだが、シベリウス以外の音楽――しかもまったく別の国の音楽が流れていることに新鮮さを感じた。

とにかくここ以外のあちこちで、シベリウスの音楽を耳にしないことはなかったくらいだ。時々、地元のフィンランドポップスやフィンランドメタルが流れていたが。

そんな場所でラテン系の音楽とは、森と湖とムーミンの素朴な雰囲気の国には実にめずらしい。

「いらっしゃいませ。踊られますか？」

「あ、いや」

見れば、カウンターとは別に、奥のホールで楽しそうに踊るカップルの姿がある。男女、男同士、女同士……様々だ。

「こちらへどうぞ。ご注文は？」

カウンター内にいる、ベテランふうのバーテンダーが問いかけてくる。

その背の棚には、ずらりと酒瓶が並べられている。他にビールサーバー。カウンターにも酒瓶がぶら下がっている。

「そうだな、ワインを。渋めのがいい」

「それでは、これは？　アルゼンチン産のワインです」

「わかった、それを」

青みがかった深紫色の、なめらかな口当たりのフルボディワインだった。黄金の王という名前の上質のものだ。

「ボトルでいいですか」

厨房から白髪のマスターが無愛想に声をかけてくる。

「ああ」

一人で一本開けるほど喉は渇いていないが、コルクを抜くと味が落ちてしまうのが残念だ。

カウンターに肘をついてぼんやりと店内を眺める。

ふとカウンター内のマスターがなにかに気づいたように首をかしげて顔を凝視してきた。

「お客さん……お昼過ぎにもいらしていましたが……このあたりの人ですか？」

「いや、旅行者だ」

「でしょうね」

「どうして」

コンラッドは眉をひそめ、相手をちらりと見た。

「いえ、すみません、こんな酒場に、お客さんのような身なりの整ったアルファの方がくるなんてめずらしいので」

「出入りは自由だろう？」

「え、ええ、もちろんです。ただうちのフロアにいるのはベータばかりで、踊りのパートナーにも恋の相手にもふさわしい相手はいませんが」

「別にいい。待ち合わせの相手がいる」

今日、昼間市場で出会った「ハルくん」と名乗る少年。

父の研究施設で働いているオメガ。

（あの子に聞いたところで、施設のことがわかるわけではないが）

コンラッドはふっと笑い、深い紫色のワインで口内を湿らせた。

もう一杯グラスに注ごうとしたとき、店内に流れる音楽が変わった。

ボーカルが現れ、ギターとヴァイオリンの奏でる音楽に乗ってバラードナンバーを歌いだすと、それまで座席にいたカップルたちも手に手をとって踊り始めた。

ベータは、この世界に九割いると言われているが、男女でも同性同士でも自由に結婚し、自由にパートナー契約を結ぶことができる。

アルファとオメガのようなことはない。もしかすると、ベータだけの世界のほうがずっと平和で普通なのかもしれない。世界的なペースで、アルファ同士で子供が誕生しにくくなり、オメガが加速するように減少しているのを考えると、神はベータだけの社会を望んでいるのではないか――プロテスタントの洗礼を受けているだけの無神論者に近い感じではあるが、そんなふうにさえ思うようになってくる。

（そうだ、いっそなくなったほうがよけいな差別も消えていいかもしれない）

アルファとして生まれ、知性、身分、容姿にも恵まれてはいるものの、それでよかったと思ったことはない。

むしろ知性があって当然、社会的地位があって当然、仕事で結果が出せて当然という目で見られ、さらには、オメガがいないと子孫ができないのか――と、ベータから哀れみの目を向けられることも多い。

アルファ同士のマウント合戦のようなものもある。つがいのオメガを探し、子孫を作ってこそアルファだという。

そうしたものがすべてバカバカしく思える。アルファというだけで、そんなことのために、無駄な努力を重ねて生きている気がしてならないからだ。

（だが……それ以上に……過酷なのはオメガ……か）

そんなふうに思ったとき、ハルが扉の横の窓から中の様子を確かめているのが見えた。

昼間、コンラッドが渡したマフラーをしている。

彼のことは、兄のパソコンにデータが入力されていた。かなり稀少《きしょう》な、自然に誕生したオメガだと。感情もある。知性も。だからこそ、外に存在を明かさないよう、発情期が訪れるまで施設で管理されている。

「やあ、きてくれたんだ」

入り口まで行って扉を開けると、ハルはほっとしたような顔で微笑した。

「さあ、なかへ」

「よかったです。ハルくん、入っていいのかドキドキしました」

自分のことをハルくんと呼ぶのが愛らしい。天使というのがこの世にいるのかわからないが、その笑顔に思わずこちらもひきずりこまれそうになる。

知能の遅れがあると周りの人間に感じさせるよう、教育をあえて受けさせていないようだが、コンラッドにはわかる。彼はものすごく明晰《めいせき》な脳を持っていると。

「彼にもこのワインを」

そう言ってハルのほうに目配せすると、マスターはとくとくとグラスにワインをそそぎ、彼にさしだした。

「あの……これ、お酒ですか？」

「そうだ。きみ、年齢は？」

「十八になりました」

その笑顔は年齢よりもずっと幼く見える。しかしその笑顔を見ているととても癒される。ほっとするのだ。

「アレルギーは？」

「ありません」

「なら、試してみたらどうだ」

「そうですね……」

困ったような顔をしている。それはそうだろう。兄のデータによると、彼は許可されたもの以外、口にしてはならないと命じられているのだ。

「……きみに挨拶のキスをしていいか？」

「え……あ、はい」

コンラッドはワインを軽く口に含むと、彼に唇を近づけた。

「……っ」

互いの唇の隙間からワインが滴り落ちていく。

「ん……っ」

彼から唇を離すと、ふわっと甘い香りが鼻腔《びこう》に触れ、ふと胸が疼《うず》くのを感じた。

「……おいしい」

彼の唇がそう呟くのがわかり、コンラッドはじっとその横顔を見つめた。

綺麗だ。本当に綺麗な子だ。

髪はボサボサで、手入れもされていない。手も荒れている。水仕事が多いのだろう。

奥二重の瞳は間近で見ると夜の海のように感じられた。

少し憂鬱そうな表情がいい。ほっそりとした身体つきもそうだが、まだ全体的に未成熟な感じがする。

「さあ、手を。手当てをする」

コンラッドは彼の手首をつかみ、昼間の傷口を確かめた。大した傷跡ではない。

今のところ、データによると、発情期がきていないオメガだ。もしかすると永遠にこないかもしれないと記されていた。自然に誕生したオメガゆえ、自然な発情と妊娠が可能なのか調べるための、彼は、いわばモルモットだ。

彼を厳重に管理していたのは、父と兄のヨーラン。人工的な手が加えられることなく、自然に誕生したオメガとしてデータ目的のために養子にしていた。

さっきからうっすらと甘い香りがしていると思ったが、彼からの匂いか。オメガ特有の甘い百合《ゆり》の花のような匂いではない。

もっと甘く心地よい香り。そう、バニラかシナモン、いや、林檎の香りがする。

子供のころ、実家の近くのスイーツベーカリーから漂っていた香りと同じだ。朝、学校にいく途中、車の窓を開けると、いつも甘いアップルバニラの匂いがしてきた。

「甘い香りがする」

「あ……もしかすると」

ハルはハッとした。

「……これ、持ってきたんです。さっき、コンラッドさんが拾ってくれたから」

ハルは手にしていた籠からアルミホイルで包まれたお菓子を取りだした。

林檎のケーキだ。

「いっぱい電子レンジして、それからオーブンもしてきたので、まだあたたかいです。ランチのあとは、アイスクリームを載せましたが、今はちょっとだけルバーブのつぶつぶの入ったバニラを載せます」

「食べていいか？」

一応、マスターに確認する。

「どうぞ」

マスターは二枚の皿とナイフとフォークを用意してくれた。

「ありがとう、では、きみも一緒に」

ナイフで半分に切り、半分を彼にさしだす。外部での飲食が禁じられていたとしても、自分で作ったものなら大丈夫だろう。

「いいんですか？」

「ああ、一緒のほうがいい」

「うれしいです」

さあ、どうぞ、と渡され、コンラッドは一口食べてみた。

ふわっと口内に林檎の甘い香りが広がり、その奥からなにか不思議な酸味のある香りが漂ってくる。噛《か》み締めるとぷちぷちとした果肉がはじけ、ケーキの生地からじゅわっとにじみでた林檎のジュレが舌の上で蕩《とろ》けていく。

「……っ……信じられない」

「なにか変ですか？」

「こんな林檎のケーキは初めてだ。食感もいいし、このルバーブの酸味がさわやかでいい」

「ルバーブのお茶がないので、つぶつぶにしてみました。ケーキの間にも林檎のコンフィチュールをはさんでいます」

「ああ、それはいい。この瑞々しいジュレのようなものはコンフィチュールというのか」

「はい、ハルくん、林檎でいろんなものを作ります」

「林檎は好きか？」

「はい、いつか林檎の森で暮らしたいです。林檎、大好きです」

林檎はこの国には欠かせない食材だ。

「林檎の料理……よく作るのか？」

「はい、言葉が近いので仲良しです」

ああ、フィンランド語の林檎《オメナ》とオメガ――アクセントが違うので意識しなかったが。

「林檎の森か……」

「はい、花がいっぱいの森を見てみたいです。目の前には湖、たくさん太陽の光を浴びたブルーベリー、リンゴンベリー、ラズベリー、ワイルドストロベリーを摘むんです。秋には林檎がいっぱいで、白いブランコもあって」

「そんな森はこのあたりにあふれているじゃないか」

「ダメなんです、ハルくんは島から一マイル以上離れられないんです」

「……」

そういえば、兄の資料に記されていた。彼を自由にさせないための方法として。

「すみません、これ、言っちゃいけないことなのに言ってしまいました」

どうしてかな……と、小首をかしげるハルが愛らしい。多分、アルコールのせいだろう。

「大丈夫だ。俺はハルくんから聞いたことは誰にも言わない」

「本当に？」

「ああ」

「本当は、ハルくん、誰ともお友達になったらいけないんです」

知っている。それも兄のデータに記されていた。

「市場の人以外とお喋りしない約束になっています」

もちろんそれも。

「お話したのは、コンラッドさん……おとーさんに似ているからかもしれません」

「おとーさん？」

訊《き》き返したが、誰のことかはわかっている。父だ。父はハルを養子にしている。兄の義理の弟として政府に登録されている。

「本当のおとーさんじゃなくて……ハルくんのおとーさんの代わりのおとーさんと、それからおにーさんじゃないけど、おとーさんの子供だからおにーさん……二人に似ています」

「……」

それはそうだろう。

「全然似ていないのに、とっても似ているんです」

「全然似ていない？」

「ふわっと漂う空気の色は違うんです。おとーさんは、暗い夜の色で、おにーさんもずっとそうだったけど、最近、森の大地の苔《こけ》の色のようになってきました」

珍しいたとえだ。コンラッドはふっと笑った。

「そしてコンラッドさんは……氷河の上の冷たい焔《ほのお》……」

口元の笑みを消し、コンラッドは眉をひそめた。

「小さなオーロラしか見たことがないけど……多分、大きなオーロラの光みたい。いろんな色がきらきらきらきらと揺れている」

そのとき、ずっと感じていた迷いの正体がわかった。そうだ、こんな空気に包まれたかったのだ。彼の言葉、彼の表情、彼の発想……そのすべてに魂まで浄められていくような心地よさを感じる。どうしようもないほどの幸福感に胸が熱くなってくるのだ。だからこそ安堵《あんど》した。父が彼を実験道具として利用する前に出会えてよかった、と。

「似ていて当然だ。きみの義父……おとーさんは、俺の父親だ」

「え……」

「でもおにーさんはいなくなりました」

「おにーさんのヨーランは俺の兄だ」

「じゃあ、コンラッドさんのヨーランは俺の兄だ」

目を大きくしてハルはコンラッドの横顔を見上げた。

「そうだ、血はつながっていないが」

「よかった、おにーさんならいっぱい喋っても、おとーさんに叱られないですね」

「ああ、だからこれを」

コンラッドは書店で見つけた本を数冊出した。

「わあ、絵がいっぱい」

「そう、そして絵の横に書いてある、これが文字だ」

コンラッドは彼にアルファベットの読み方を教えた。

「そうなんですね。知らなかった。じゃあ、もうハルくん、全部読めますよ」

そうか、彼は一度見たものは暗記してしまう。むしろ頭が良すぎるのか？

「それからこれ」

ペーテル・エクベリの、子供向けの哲学書を出す。ハルはうれしそうに笑みを見せ、早速、その本をカウンターに広げた。

「『おおきく考えよう』というタイトルの本ですね」

「そうだ」

「すごいな、ハルくん、ちゃんと、この本を読めるようになりました」

ハルは本をパラパラとめくった。

目を輝かせて本を読んでいるハルの横顔を見ていると、教えるということは自分が思っていたほど難しいことではなかったのだと気づく。「ユーモアを交えて楽しいお喋《しゃべ》り」などは必要ないのだ。ただ相手になにが必要なのかを考え、こちらが真摯《しんし》にそれを伝えようとすればよかっただけなのだ。根本的なことがわかっていなかった、だから生徒に拒否されたのか。

（こんな簡単なことだったのか。それすらわかっていなかったとは）

ハルの様子を見て、コンラッドは切なくなる。自分に足りなかったものが見えてくるからだ。

「ええっと、一ページ目、読みますね。『きみは誰ですか？』と書かれていますよ」

ハルはたどたどしく読んだ。

「そう、『きみは誰ですか？』という答えを自分で探すためのページだ」

「ぼくはハルくんですよ」

ハルはにっこり微笑した。

「そう、それでいい。では次の項目を」

「ええっと、次ですね。『人生で大切なのは何ですか？』と書いてあります」

「そうだ。その答えは？」

ハルは困ったような顔をした。

「わからないです」

「わからない？」

「はい、この下に『幸せとは何ですか？』と書いてあります」

「そう、きみにとって幸せは何なのか考えて答えるんだ。そのための本だ」

ハルは悲しそうな顔で首を左右にふった。

「あの、楽しいことが幸せなことですか？」

とまどった顔をしているハルに、マスターがすっと飲み物のグラスを差し出した。

「これを」

「わあ、林檎のジュースだ。おいしい」

「そう、それも幸せだよ、ハルくん」

マスターがカウンターの向こうから笑顔で答える。

「そうか、気持ちのいいことが幸せなんですね。楽しいことも?」

ハルがマスターに問いかける。

「さあな。ちょっと違うかな」

マスターが肩をすくめる。

「えっ、じゃあ……あなたにとっての幸せは何ですか?」

「オレか? そーだな、オレは愛する家族といることだ。愛する妻、愛する子供と」

「コンラッドさんもそうですか?」

ハルはコンラッドに視線をむけた。

「……俺……か。さあ、どうだろう」

自分の人生の目的、幸せ……わからない。改めて考えたことなど。

「……考えたことなどない」

「ダメじゃないですか、先生なのに」

ハルがこまった顔をすると、店主がおかしそうに笑った。

「お客さん、頭良さそうだから、どうせ余計なことを考えているんでしょう。オレなんかは、この音楽みたいな恋をしているときが一番幸せだな」

音楽……。耳をすませば、ドラマチックな歌が流れている。

「これは……どんな意味の曲だ」

「タイトルは、マラゲーニャ・サレロッサ。しょっぱいマラガの女の子という意味だが、塩対応してくるマラガの綺麗な女性が大好きだという意味だ」

「塩対応?」

「そう、少ししょっぱい態度のマラガの女性、きみの唇にキスしたい、きみの唇にキスしたい、少ししょっぱいマラガの女の子、教えてくれ、かわいい小悪魔、きみはかわいい魔術師です、きみはかわいい魔術師です、薔薇のように」

「いかにもラテンな歌詞だな」

「はい、『キル・ビル』の映画に使われていた曲です。ご存知ですか?」

「見たことはないが、たくましい女性が出てきた気がする」

「ええ。アクションの多い映画ですが……この歌自体は、強気で美しい女性への愛の歌です。我々の歌は、愛の歌しかないです」

とマスターが言ったあと、音楽が変わった。

「……」

「これは別のメキシコが舞台の映画の音楽です。『フリーダ』という映画の『青い寝室』。次の音楽もそうですし、その次に流れる音楽もそう。官能を挑発しあって情熱を燃え立たせる音楽。互いがどう出るのかぎりぎりの駆け引きを、踊りながら肌で感じとっていくようなダンス、相手を灼《や》き尽くすような愛」

「その映画なら知っている。メキシコの女性画家フリーダ・カーロの人生を描いた映画だろ。テレビで見た」

深夜、オペで疲れたあと、何気なくテレビをつけたら、ちょうど少女が交通事故に遭うシーンが流れた。

鉄の棒が腹部に刺さった少女。そのままギプスで固定された少女に、恋人が別れを告げる。泣きながら、彼女は絵を描く。そして年上の画家と結婚するが、画家は浮気を繰り返し、彼女は事故が元で何度も流産する。

その苦悩を絵に描いたのだ。彼女の人生は凄惨なものだった。

メキシコの原始的な風景、破滅をも恐れない情熱的なフリーダの愛の形とその懊悩《おうのう》を赤裸々にぶつけたような絵に背筋がゾッとしたことを覚えている。

「これはどういう意味の歌だ？」

「私たちの魂の血まみれのアコーディオン。暗闇で私を愛して。太陽のない寝室。目を閉じ、私の心を殺す」

「……この曲……知ってます……」

ボソリとハルが呟く。意外な気がしてコンラッドは問いかけた。

「……知っているのか？」

ハルは淡く微笑し、こちらを見あげてきた。わずかにひらいた唇が赤いワインで濡《ぬ》れ、夜の花のように見えた。

「このお店の前を通るとき、よく聞こえてきます」

「そうか」

「この曲……知ってます。意味は、今、初めて知りました。でも、歌は知ってます」

グラスを両手でつかみ、ハルが同じように音楽を口ずさむ。

すっかり旋律も歌詞も暗記しているようだ。

「それなら……踊らないか？」

思わず手を出していた。

ちらりと横目でハルがこちらを見る。表情からは何の感情も見えないのに。

その眼差しに吸いこまれそうになった。

（感情のない無垢な生き物になるように育てる……か。父さん、あいにくあんたの計画には無理があったようだ）

この子には豊かな感情がある。教育を与えなくても。しなやかで、無垢で、瑞々《みずみず》しい。それに頭もいい。

「いいんですか、オメガと踊って」

そういえば、この国では、アルファとオメガが決められた場所以外でダンスをするのは禁じられている。

「きみと踊りたいだけだ。恋愛でも何でもなく……」

もう一杯グラスをさしだす。ハルは思い詰めたように紫色のワイングラスを手にとり、一気に中身を飲み干した。

「ハルくん、ダンスはできませんよ」

「俺がリードする」

差し出したコンラッドの手を彼がとる。するとマスターが言った。

「ハルくん、ダンスをするときはね、挑むように相手にぶつかるんだ」

「挑む？」

ハルはおうむ返しに問いかけた。

「いっそ殺すくらいに」

「ええっ」

ハルが驚いたような声をあげる。

「二人して今だけでもラテン系になってみろ。ゲルマン系の頭の良さそうな堅物のアルファと、感受性の豊かなフィンランド人の素朴なオメガが一夜だけラテン系になる。なかなか素敵じゃないか」

面白いマスターだと思った。

確かに自分は堅物だ。ダンスは授業で習ったのでできなくはないが、誰かと踊ってみたいと思ったのは初めてだ。

「まいったな。ラテン系か。一番遠い民族だ」

コンラッドは苦笑した。

「コンラッドさんはそういうのが好きですか？」

今度はハルが問いかけてきた。

「いや……」

視線をそらすとコンラッドは目にかかった前髪をかきあげ、どこか虚《うつ》ろな表情で独りごとのように呟いた。

「わからない、自分でも」

「わからない？　なにが」

「どうしたいのか、自分がどう生きたいのか。ずっとさまよっている。心が渇いたままだ……」

「どうしてですか？　アルファのひとは完璧ではないのですか？」

子供のようにまっすぐな目でハルが問いかけてくる。

「……俺は違う」

「そうか、だからですね」

「え……」

「コンラッドさんの周りの空気が揺れているのは」

揺れている。彼はそうなのか、感覚でいろんなことを理解するのだ。

彼の無垢さ。その純粋なまでの感性に胸が疼く。

甘美な媚薬《びやく》のような歌声に引きずられるように、コンラッドはそのままハルの手をとっていた。彼から漂う甘い林檎とバニラの香りに酔うように。

3　オーロラ

ハルがおとーさんの息子のコンラッドと出会った三日後、施設にいるオメガたちの成人式が行われることになった。

成人式の日、ハルはいつも朝早くから厨房《ちゅうぼう》で式典後のパーティ用の食事作りに追われる。

今日もそうなのかなと思っていたけれど、知らないうちに厨房で別の職員たちが料理の支度をし始めていた。

「あの……」

おとーさんの姿はない。おにーさんの姿もない。

そういえば、二人の姿を見なくなってから一週間が過ぎた。ふだんなら一週間に一度、ハルの様子を見にきて、これからなにをして過ごすのか一週間の計画を教えてくれるのに。

どうしたのだろうときょろきょろ見まわしていると、いきなりポンッと固いもので後頭部を叩《たた》かれた。

「え……」

火花が散ったようになり、目を見ひらいてふりむくと、職員三人からゴミ拾い用のカートを目の前につきだされた。

その手には雪かき用のスコップとスノープッシャー。そのどちらかで叩かれたらしい。

「ハル、今日からこっちがおまえの仕事だからね」

スコップとスノープッシャーをポンと手に渡される。

「え……」

「厨房やアイロンかけはいいから。今日からゴミ拾いと厨房周りの雪かき、それからトイレの清掃がおまえの仕事だ」

彼らは清掃担当の職員たちだった。出産に失敗したオメガたちは、この施設でそのまま職員として働いているが、彼らもそうだと聞かされていた。

「どうしてですか？」

「所長は重態で時間の問題らしいし、ヨーラン先生もいなくなったから、ハルはもう用済みらしいよ」

「そうそう、これまで所長が庇護《ひご》してたからバカでも欠陥品でも優遇してもらえていたけど、これからはそうはいかないから」

「裏口の雪かきをして、外のゴミ箱を綺麗《きれい》にしたあとは、パーティまでに、ホールの横のトイレの清掃をしておいてくれ。いいな」

「え……」

「返事はっ？」

「は、はい」

「じゃあ、頼んだよ。扉が埋まらないよう、しっかりな」

建物の外にカートごと出され、バタンと扉を閉められてしまう。

空からは雪がしんしんと降っている。この様子だとどんどん積もるだろう。

でも素手では指先が凍ったようになってしまう。スノープッシャーを使って雪かきをするなら手袋があったほうがいい。

そう思ってドアを開けようとしたけれど、なかから鍵がかかっていた。

「……」

ダメだ。どんなにドアノブをまわしても入れない。

どうしたのだろう。どうして急にこんなことになったのだろう。

よくわからないけれど、急に嫌がられるようになったのだろうか。

そういえば、ここ一週間、『存在消えろ』『欠陥品は視界に入るな』『巣に戻れ』などと耳元で囁《ささや》く職員がいた。洗濯機を使わせてもらえなかったこともあった。自分の衣類は労働時間以外に手洗いするしかなかった。

それから誰かの財布がハルの部屋で見つかり、盗難しただろうと、スタッフのリーダーからものすごく叱られたが、あとで疑いが晴れた。誰かがハルの部屋に入れたのが防犯カメラに映っていたらしい。犯人が誰なのかは知らされていないけれど。

（財布なんて盗まないのに。ハルくん……欠陥品だから……？）

急に胸の底が凍るような気がした。以前は欠陥品であることが当然だと思っていたのに、なぜか身体《からだ》の奥が固まったようになるのだ。

コンラッドさんに出会ってからだ。

『きみは残念な不良品じゃない。それどころかとても素敵だよ』

あのとき、春に咲いた林檎《りんご》の花を見あげたときのような気持ちになった。

あたたかくて、甘酸っぱくて、ずっとそこにいたくなるような気持ち。

この前もそうだった。一緒に踊ったとき。

『踊らないか？』

その低い声に鼓膜から全身が蕩《とろ》かされていく気がした。

薄暗い店のなかでは、ずっと、男女、男同士、女同士……と、気に入った者同士が甘く官能的な生バンドの調べに乗って踊っていた。

（踊る？　彼と？）

おとーさんの子供だと言っていたけれど。

オメガである自分と彼が出会いの場でダンスを踊るということは、「つがい」の契約を結ぶようなものだ。他の地域ではどうなのかわからないが、最近、北欧一帯ではそんなふうに言われている。だからどうしていいかわからなかった。

コンラッドから差しだされた手をちらりと見たあと、ハルは今度は上目遣いに視線をあげた。袖口から覗《のぞ》く白いシャツの綺麗さだけが暗い店内で異様なほどきわだって見え、胸がざわざわした。

と同時に、コンラッドの言葉に胸の奥がさらに騒がしくなる気がした。

『自分がどう生きたいのか。ずっとさまよっている。心が渇いたままだ……』

さまようというのはどういうことなのだろうか。アルファなのに、どう生きたいかわからないなんてあるのだろうか。

甘い林檎のジャムよりもずっと甘い声に感じられた。だから胸がざわつくのだろうか。

その声、その手、なによりも彼に触れてみたくて、あのとき、気がつけばハルはコンラッドの手をとっていた。

そしてダンスというものを教えてもらった。

（今夜……成人式のオメガのひとたちも、アルファのひとたちとお見合いパーティでダンスをするって聞いたけど……）

雪かきと外のゴミ箱の掃除をひとしきりやったあと、警備員に頼んで入り口から建物に入ったハルの耳に、成人式のスピーチが聞こえてきた。

「――成人おめでとう。今日からきみたちも大人だ」

建物の一階にある広々としたバンケット会場。いつもなら配膳の仕事をするのだが、今日からはしなくていいらしい。

「発情期を迎えると、オメガのきみたちは年齢を問わず、この北欧四カ国では成人という扱いになり、結婚が可能となる」

ハルは用具入れから掃除道具を出しながら、じっとそのスピーチに耳をかたむけていた。

（発情期……か。ハルくんには……いつ訪れるのだろう）

他のオメガの人たちは、十五歳くらいまでに発情期というものがくるらしいけれど『不完全なオメガ』のハルは、十八になった今もまだない。

モップとバケツを手に、ハルは扉のすきまからちらりと会場を覗いてみた。

壇上で話をしているのは、入院中のおとーさんの代理をつとめている副所長のムルトだ。四十代くらいのがっしりとした体格の赤毛の男性。彼もアルファだ。

そしてホールにずらりと座っているのは、発情期をむかえたばかりのオメガ性の若者たち二十名ほど。

「ここでもう一度、きみたちに伝えておく。オメガとして生まれたきみたちは、自由に恋をしてはいけない。つまりオメガの自由意志での恋愛とセックス……ＥＵ圏内では、それが国際法上で厳しく禁じられているのを忘れないように」

ムルトの言うとおり、この国や近隣の国では、オメガは「恋」をしてはならないという法が定められている。「恋」――つまり特定の相手と恋愛関係に陥り、勝手に性行為をしてはならないという法律だ。

アルファもベータも自由恋愛が許されているのに、オメガだけは禁止されている。といっても、適齢期のオメガはほとんどいない。北極圏のサーミ人に数人いるかどうかと耳にしている。あとは、この施設にいる五百人ほどだけだ。

「きみたちは、まず来週末、見合いの場に出席して、そこでアルファに選ばれなければならない。彼らがきみたちを選んだあと、国に『つがい』契約の申請をする。あくまできみたちは選ばれる立場だ。きみたちが特定の相手を選んではいけない。ましてや無断で性行為をした場合は厳重に罰せられる」

ムルトの説明に、騒ぎ立てる者は誰もいない。

皆、淡々として聞いている。すでに子供のころから耳が痛くなるほど聞かされてきたことだからだろう。

今日、列席していた二十人ほどのメンバーはAクラスといわれる、いわゆる最優秀エリートとされているオメガの集団だ。成績、容姿、身体能力、健康、体力、出産能力、遺伝子……すべてにA判定をもらえることができた集団。

彼らは一週間後の夜、やはりAクラスにいるアルファたちと見合いをする。

この場で、その参加許可証が配られる。全員が目元を隠すマスクをつけ、ベネツィアの謝肉《カーニ》祭《バル》のように仮装をし、それぞれ本能的に自分が惹《ひ》かれる相手を探すのだ。しかるべきアルファとしかるべきオメガとの「つがい」の契約。最初からクラスが決まっているので、トラブルは少ないと聞く。

この医療研究施設で暮らしているオメガは、すべて厳格に管理されている。オメガは人類にとって大切な存在なので、肉体的に少しの変化も見逃さないよう、専門の医療スタッフのもとで、徹底的に健康管理されている。発情期もデータで割りだし、いつ成人式がむかえられ、いつ妊娠・出産できるのかもわかるらしい。

(でも……ごくごく稀《まれ》に……ハルくんのようなオメガもいる)

他のオメガのひとたちと違って、ハルは発情に必要なホルモンが欠落しているので、成人式ができるときも妊娠・出産できるときもわからない。

おとーさんがそう言っていた。

そのせいなのかわからないけれど、十八歳になるというのに発情期もこないままだ。もしかすると、一生こないのかもしれないし、くるかもしれない。ハルだけは他のオメガのひとと違って、いろんなことが不確実なのだ。

『ハルくん、きみは特殊なんだ。だからここで生きていくしかないんだ』

おとーさんの言葉。

『ハルくんはなにも考えなくていいよ。父さんとぼくにすべてを任せていれば』

おにーさんの言葉。

だけどコンラッドさんは違うことを言った。

本をくれた。

自分で考えることはなにか、自分で将来を選ぶ、自分で幸せとはなにかを考える――それを教えてくれた。文字と一緒に。

彼がくれた本には、人のせいにしない、自分で考えて、自分で選ぶ――それが人間だと書いてある。

そう、彼がくれた本を読んでいると、欠陥品でもオメガでもベータでもアルファでも、みんな同じ人間で、それぞれがどう考えて、どう生きるか――その生き方が大事なのだというのが書かれていた。

(だから……今……ハルくんは……ここで成人式をむかえているオメガのひとたちの仲間じゃなくて良かったと思っている。ハルくんは……コンラッドさんが教えてくれたように……自分でいろんなことを選びたい)

選ぶということ、生きるということ――彼と出会うまでそんなことも知らなかった。

その意味、そしてその先にある未来……。

もっといろんなことを考えたい。そして選びたいから。

「――また会おう。次の金曜日に、この店で」

コンラッドとそう約束していたので、仕事が終わったあとハルはこの前の店へとむかった。

窓ガラスに描かれた絵がかわいい。だから店に入りやすい。

なかに入ると、この前と同じ席にコンラッドがいた。

「……手が赤くなっている。しもやけができているじゃないか」

カウンターでハルの手をとり、コンラッドがそこになにか薬を塗ってくる。

「たくさん雪かきをしたので」

カバンのなかにいろんなものが入っているようだ。

「雪かきのときは手袋をしないと」

「手袋……どんな手袋をするのですか？」

「じゃあ、今度会うとき、手袋をプレゼントする。雪かき用のものと、それから普段、こうして歩くときのものも。あと他にもなにか欲しいものがあれば」

「じゃあ、本、ください」

ハルは笑顔をむけた。

「本？　どんな？」

目を細め、コンラッドが顔を覗きこんでくる。

「あ、でも今はいいです。まだこの前の本の半分くらいしか読んでいません。全部読んだら、続きの本、欲しいです」

「どのあたりだ？」

「ええっと……なにがきみを幸せにする、なにがきみを悲しませるというテーマのところです。ハルくん、幸せと悲しみについて考えています」

「答えは見つかった？」

ハルは「いいえ」と首を左右に振った。

「ハルくんには、この店のマスターさんのような家族はいません。だから家族といることに幸せを感じることはハルくんにはわかりません。コンラッドさんはどうですか？　幸せと悲しみありますか？」

真顔で問いかけると、コンラッドはすっとハルから視線をそらした。そしてワイングラスに口をつけ、しばらくして言った。

「俺もそうだ。家族はいるけれど、ここのマスターのように愛にあふれた家族ではない」

「どんな家族ですか？」

「きみを養子にした父や兄のヨーランとは、物心ついたあとは会っていない。だから家族というほどの愛情は持っていない。子供のころからずっと俺を育ててくれたのは母親だ。その母親を家族として愛してはいるけれど、母親といることに幸せを感じるかと言えば……そうでもない。もちろん喪《うしな》うようなことがあったら悲しいと思うけれど」

「愛でもいろんな愛があるんですね」

「そうだな。ここのマスターが愛する家族と言っていたのはそうした家族のことではなくて、彼の妻子のことだ」

「コンラッドさん、妻子はいないんですよね？」

「ああ」

「オメガとお見合いの予定はありますか？　それとももう」

すでに誰かと出会っていますか？　という続きの言葉を言う前に、コンラッドが口元を歪《ゆが》めて嘲笑した。

「バカバカしい」

「どうして？」

「政府に誘導され、つがいを見つけて子孫を作るなんて」

「そんなこと……口にしたら逮捕されます」

「きみにしか言ってない」

「……そうですね」

ハルはうつむいた。そのとき、ひざにかけていた上着が床に落ちる。カウンタースツールから降りようとしたハルの動きを止め、「俺が」と言ってコンラッドが床に手を伸ばす。

「これは？　今、きみの上着から落ちたが」

手渡されたのは、参加許可証だ。アルファとオメガの婚活用の。

「それ……ハルくんのではありません」

この前の財布と同じだと思った。盗難した――ということにして、ハルが職員たちから叱られるのを見て楽しむために。

「どうしてこんなものを」

「なにかの間違いだと思います」

ハルは受けとり、胸ポケットにしまった。

早く届けないと。これは、Ａクラスのひとたちの参加許可証だ。盗んだことになったらどうなるか。それに紛失したひとがいたら、もっと大変だ。そのひとも処罰される。戻ったらすぐに、事務局に届けよう。

「今のは……オメガとアルファの見合いの参加許可証だったと思うが……」

「え、ええ、でもハルくんのものではないです。ハルくんはお見合いのパーティには出ません。このままがいいんです」

「このまま？」

このままとは、発情期のない状態。子供の肉体のままでいたい。

「でも未来を選ぶことができるのなら、林檎の森で暮らしたいです」

「……林檎の森？」

「林檎の森で、コンラッドさんと踊りたいです」

ハルはコンラッドに微笑した。コンラッドは少し困ったような、それでいて驚いた様子でハルを見たあと、肩に手を伸ばしてくる。

「じゃあ、白夜の季節に……一緒に行こうか。林檎の森に」

「白夜？　ああ、一晩中、空が明るいんですね」

「そう、このあたりよりもずっと明るい。まったく暗くならない夜というのは……とても不思議な感じがする」

「どう不思議なんですか？」

問いかけると、コンラッドは目を細めて窓に視線をむけた。

「……わからない」

「え……」

「行ってみないと、どんなふうに感じるのか……見当もつかない。昔は不思議に感じた。でも今はどう思うのか。なによりきみと一緒に行ったら、感じ方が変わる気もする」

どういう意味だろう。彼の言葉はハルには少し難しい。ただ彼が自分と一緒に行きたいと思ってくれていることだけははっきりとわかり、また林檎の花が咲いたときのようなふわっとした明るい気持ちになった。

「白夜の森の林檎……素敵ですね。あ、冬は……冬はオーロラありますか？」

ああ、とコンラッドがうなずく。

「夏は白夜、冬はオーロラ……夢のようですね」

コンラッドと話をすると、どんどん世界が広がっていく。無性に飛び跳ねたい気分というのも変だけど。

「でも無理です。ハルくん、遠くには行けないんです。施設から出られないんです」

ハルはそう言ってうつむいた。

「だけどパーティに出る予定はないんだよね？　施設にいるオメガは、アルファとの見合いのパーティに参加するための存在のはずだが」

「え、ええ、でもハルくんは不完全だから出ないんです。これは誰かが落としたものだと思います。大切なものなので、戻ったら、すぐに事務所に届けます」

「……そのカードだが、落とし物ではないだろう。誰かの嫌がらせじゃないのか」

コンラッドの言葉にハルはハッとした。

「どうして……」

「そんな気がしただけだ。とても大切なものだし、拾ったのなら、きみならそのままポケットに入れたりせずすぐに届けるはずだ……と」

「ハルくんなら？」

ハルはじっと彼を見あげた。

「そういう性格に見える」

真っ直ぐな目で見つめられ、なぜか胸が甘く疼《うず》いてしまった。

「はい、ハルくんならそうします」

当たっている。そのせいだろうか。異様にドキドキとする。

「コンラッドさんは、どうしてハルくんのこと……そんなにわかるんですか？」

コンラッドはまたハルから視線をそらし、自分のグラスを見下ろしながらボソリと呟《つぶや》いた。

「惹かれている」

「え……」

「こんなことは初めてでとまどっている。自分で言うのもなんだが、とても優秀な脳外科医だと称賛されてきた。脳進化学の論文もいつも絶賛された。だがその反面、手術や研究にしか興味がない堅物とも言われた」

「え、ええ」

「人とのコミュニケーションが下手で、高校生たちからは、わかりにくい講師だと煙たがられようと気にもしなかった。教えるのなんて面倒くさいだけ、もうまっぴらだと思っていた。そんな俺が……」

コンラッドはハルに目をもどすと、今度はそっと包みこむようにほおに手を伸ばしてきた。やわらかな、ふわふわのマフラーのような優しい手の感触だ。

「きみには、わかってもらいたくて仕方ない。きみが理解できるまで、アルファベットだってできるかぎりわかりやすく教えたいと思う。白夜だってそうだ。きみにならどんなことでもしたい、いや、させて欲しいと思ってしまう」

「……」

「深いところ、魂の奥深くで。性別は関係なく……人間としてきみといると、自分を覆っていたものから解放されて自由になれる気がして」

魂の奥深いところ？　どこだろう。それはどこにあるのだろう。でもとても大切な場所に感じられる。そして多分、ハルのそうした場所には、このひとが存在していると思う。今まで誰も入ったことのない胸の奥深くに。

「どうだろう、よかったら……今から少し森を歩かないか」

「え……」

「少し行った先に雪の森がある。林檎はないが、今夜は遠くにオーロラが見えるかもしれないんだ」

「オーロラ？　夜のきらきらですか？」

「そうだ」

「でも……ハルくんは……」

「知ってるよ、ピアスがあるから遠出できないのだろう？　ちょっと触らせてくれ」

コンラッドはハルの耳に手を伸ばした。

「ダメです、おとーさん以外の人がとったら爆発します。何日かおきに、おとーさんが交換するんです、そのとき以外は」

「大丈夫……爆発なんて、そんなことはないから」

「え……」

コンラッドは微笑し、ハルの耳からピアスをとった。濃い青色をした小さな円形のピアス。

「ここにGPSがついている。それだけだ」

「ジーピー……？」

「ハルくんがどこに行っているかがわかる機能だ。それしかついていない」

「え……じゃあ」

遠くに行ったらダメというのは？　とったら爆発するというのは？

「あとで説明する」

コンラッドはそれを箱にしまうと、アタッシュケースに入れて鍵をしめた。

「マスター、これを一時間ほどクロークであずかって欲しい」

ユーロ紙幣を数枚だし、コンラッドはマスターにケースをわたした。

「わかりました、こちらへ」

マスターはカウンターの脇のロッカールームに行き、鍵のようなものをコンラッドに渡した。


「GPSというのは、居場所を教えるものだ」

「居場所？」

「なので、記録としてはきみはずっとあの店にいたことになる。といっても、父が眠ってからもう一週間以上だ、とうに充電は切れている。だが、念のため、あずけておけば安心だ」

「爆発しないのですか？」

「しない」

「そうなんだ……よかった」

どうしてそんなものを自分につけていたのだろう。それに爆発するなんて嘘《うそ》をついて。

「父が目を覚ますまで、きみは無事だ。俺と会っていても今のところは大丈夫だろう。といっても時間の問題だが」

「時間て？」

そういえば、施設の職員たちもそんなことを口にしていた。

「もう時間がないということだ」

時間がないというのはどういうことなのだろう。それを訊《き》きたかったが、ちょうど目の前にタクシーがきて乗ることになったので、それ以上は訊いてはいけない気がした。

「一号線をガッレンカッレラ美術館のあたりまで」

コンラッドは聞いたことのない場所を口にした。

「どんな美術館があるのですか？」

「美術館はもう閉まっている。カレワラで有名な画家の家がそのまま美術館になっているが、その近くにいい場所があるんだ」

「カレワラ……」

それは、この国ではみんなが知っている物語だ。フィンランドがどうしてできたか伝承されてきたもので、有名な作曲家のシベリウスが交響曲にもしている。だが、本を読んだことも、知識として音楽を聴いたこともなかったハルは、本のちょっと触りの部分しか知らない。

貧しい土地、わびしい辺境の地のフィンランド。空気と海とが風によってかき混ぜられて身籠り、この世に生命が誕生した。

内容や音楽の細かなことまではよくわからないけれど、その中で有名な『トゥオネラの白鳥』という音楽だけはちゃんと知っている。

黄泉《よみ》の国へと続く川。そこにいる白鳥。それを撃とうとして、反対に毒矢を放たれて死んでしまう美しい青年。バラバラにされて川に落とされた青年の遺体を母親が熊手でかき集めて生きかえらせる。

その物語だけはアニメや人形劇で見たことがあるのでよく知っていた。

その話を思い出しているうちに雪の積もった林が近づいてきた。

しんしんと雪が降っている。市街地と違い、郊外は街灯がないので闇が濃い。けれど雪のおかげで明るく感じられた。

「そこで」

林の入り口でコンラッドはタクシーを止めた。雪の積もった小道の入り口にガッレンカッレラ美術館への案内看板があった。

「このくらい闇が深いと、北極圏よりは緯度が低いヘルシンキでもオーロラをはっきりと見ることができるんだ」

「そうなんですね。市街地は街の灯《あか》りのせいで」

「そう、暗ければ暗いほど、冬の空では光があざやかに見える」

そうかもしれない。雪の間から顔を出している草や木が、雪をまとって宝石の光のように見える。

「綺麗ですね、雪。湖の端っこに葉っぱが浮いていますよ」

「ああ、そうだな、まだ枯れ葉が残っているんだ。紅葉——ルスカの名残りが……」

森と雪の匂いはどこかなつかしく、それでいて厳かな感じがする空気だった。半分だけ凍った湖に生命の気配はない。

　生きているものは自分とコンラッドだけ。雪の重みのせいで今にも朽ちそうになったボートが凍りついた入り江に忘れられたように放置されている。

「見てください、星とオーロラがきらきらと輝いてます」

　遠くのほうにうっすらと輝く光のカーテンが見えた。淡いオーロラの光を受け、湖を取りかこむ原生林の林に積もった雪も煌《きら》めいていた。

　夜の森は綺麗だ。オーロラの光を反射し、虹色の光の粒子が小さな妖精のようにハルの視界で踊っているように見えた。

「オーロラは……やっぱり……コンラッドさんみたいですね」

「俺みたい？」

「……そんな気がするんです」

「今度はもっと北に行こう。異常なほどの大きなオーロラを見ることができる」

「本当に？」

「ラップランドのサーミの村のあたりに行けば」

「……？」

「そこに行けば、オメガも自由に暮らせる」

「え……」

こちらを包むように細められた目はオーロラの青い光のようだ。けれどこの前よりも揺らぎが少ないのはどうしてだろう。

「きみを自由にしたい」

自由とは？

「父の施設とも関係ない場所で、きみが一人の人間として生きていくには……このあたりでは法的には無理だ。だが……ラップランドの森まで行けば。原住民族のサーミの人間に混じれば。あのあたりは今もまだ自然にオメガが誕生する。だから……きみも」

「そこに行けば、ハルくんは幸せになれるのですか？」

「選ぶのはきみだ。前に話していたように、林檎の森で暮らしたいなら」

「暮らせるんですか？」

と問いかけたあと、ハルはうつむいた。

「でも……」

「やはり施設にいたいのか？」

「考えたこともなかったからびっくりしました。でも林檎の森で暮らしたいです。ただ、ひとりぼっちは……怖いです」

「怖い？」

そうだ、想像しただけで目の前が真っ暗になる。夜の湖に落ちてしまいそうな恐怖。そんなもの、これまで感じたことはなかったのに。

「怖いです……こんな気持ち……知らなかった……コンラッドさんがいないと……」

言いかけたそのとき、身体がガタガタと震えることに気づいた。

「どうした？」

「わからないです、なぜか震えてきました」

するとコンラッドはハルの肩に手を伸ばして抱きくるんだ。突然のことに驚き、目をみはると、コンラッドは「すまない」とハルから離れた。

「きみが人間になってきた気がして……思わず……すまない」

「いえ……あ、えっ……じゃあ、これも？　さっき、触ったとき、指に感じたことのない感覚がしました」

ハルは手を伸ばして湖畔の囲いに積もった雪を手にとった。

「そうだ、それが冷たいという感情だ」

「これが冷たい、これが寒い」

まったく知らない感覚だったが、恐怖はなかった。それよりもうれしかった。初めて知る感覚、初めて味わう感覚……。

「不思議です、コンラッドさんといると、初めてのことがいっぱいです。胸があたたかく、これが幸せ……ということですか？」

「幸せは俺のほうだ。きみといると初めて知ることばかりだ」

「賢いのに？　コンラッドさんはお医者さんですよね？」

「ああ、だが経歴や学歴よりももっと大切なことがある。人間として……こんな年になって、初めて少年のような気持ちになって戸惑っている」

「少年ですか？」

「そう、これまでずっとバカにしていた物語の主人公になった気分だ」

　コンラッドは苦笑した。

「どんな物語ですか？」

「有名な話だ。イタリアの物語で……原作は、イギリスのシェイクスピアだが……ロミオとジュリエットの恋を……俺はずっとバカにしていたんだ」

「それ、聞いたことがあります。敵同士で恋をして死ぬお話ですよね？」

「そう、まだ十代の若者同士の恋だ。出会ったその瞬間に恋に落ち、その夜に結婚の約束をする。二日目、結婚」

「えっ、そんなに早く？」

　いいなあ。出会ってすぐに結婚だなんて素敵だ。オメガのようなお見合いパーティに出ることもなく結婚するなんて。

「だが、結婚の直後にロミオはジュリエットのいとこを殺してしまう。追放されることが決まり、初夜の翌朝、三日目、ロミオは追放されて違う街に」

「えっ、そんなに早く離れ離れになっちゃうんですか？」

「そうだ。そして三日目、ジュリエットは別の人間との婚約が成立してしまう。四日目、ジュリエットは婚約から逃れるために、偽装自殺する。仮死状態になる薬を飲んで死んだことにして、霊廟《れいびょう》で眠った状態でロミオを待つんだ。五日目、ジュリエットの偽装自殺を知らないまま、ロミオはジュリエットの墓で自殺。目を覚ましたジュリエットはその場で死ぬ。たった五日間の恋愛物語なんだ」

すごい物語だ。でも何となく好きだと思った。そんなふうに一気に結ばれて、一気に消えてしまう恋は、きっととても強い気持ちに支えられているのだろう。

「ずっとバカだと思っていた、若者の愚かな物語だと。あまりにも考えなしで、あまりにも無計画で……どうしてそんな安易な行動の物語を……世界中の人間が映画にしたり舞台にしたりバレエにしたりするのかと」

コンラッドの言いたいことが何となくわかり、ハルは笑顔でうんうんとうなずいた。

「だが……だからこそ、憧れるんだな。と、きみに会って気づいた」

コンラッドは少し困ったように微笑した。胸があたたかくなっていく。

「きみとまっすぐな恋がしたい。恋愛に興味がなかった堅物の俺が……どういうわけかこんなふうになってしまった。愚かなほどの恋情に憧れる。そのためだけに生きるような人生に憧れる。きみが好きだ」

コンラッドはじっとハルを見つめた。

好き……。

コンラッドの顔をオーロラのうっすらとした赤い光が淡く照らしている。焔《ほのお》のような色だ。

ハルは自分の心もそんな色に染まっている気がした。

「多分……もう一度会ったら……きみを自分のものにしたくなる」

「……」

なやましい眼差《まなざ》しに、艶やかな声。鼓動が跳ねあがるのがわかった。

「でも……オメガは……自由な恋愛は……」

うわずった声で否定し、後ろに下がろうとしたハルの腰に腕をまわし、コンラッドは身体を引き寄せようとした。

「どうしようもないほど……きみが好きだ。きみに恋している」

恋なんて。恋なんて。首を懸命に左右に振る。それでも心臓の高鳴りは抑えられない。

「……ぼくは……不完全なオメガで……」

「ハルくん……違う、違うんだよ。きみこそ……きみこそ完璧なオメガなんだ」

コンラッドは眉をよせ、とても苦しそうな表情で切なげに言った。

「今ではほとんど誕生しない自然発生のオメガなんだ。人工授精でも試験管での交配もなく。

父と兄はそれを知った上できみをひきとり……その経過をデータ化していた。つまり実験対象にしていたんだ」

意味がわからず、ハルは目を見ひらいたままコンラッドを見つめた。

「きみが不完全だというのは当然なんだ、他のオメガと違って自然に誕生し、人工の手を加えていないのだから当然なんだ。つまり自然に誕生したという意味で、きみこそ完璧なオメガなんだ。すまない……こんなこと……本当は伝えたくはなかったが」

どうして彼がすまないと言うのかハルにはよくわからなかった。それよりもうれしかった。ハルは彼に笑顔をむけた。

「じゃあ、ハルくんは普通の人間なんですね。よかった、どこか変だから、足りないんじゃなくて……」

「きみは怒らないのか？　父や兄に対して。事実を知って哀《かな》しくないのか？」

「どうして……」

なにを怒るというのか。なにを哀しむというのか。

「父や兄は、きみを実験対象にしていたんだよ、データが欲しくて。教育も与えず無知なまま、さらには行動範囲も制限して」

「でもハルくん……そのおかげでコンラッドさんに会えましたよ」

「ハル……」

「おとーさんもおにーさんも好きです。でももっとコンラッドさんが大好きです。おとーさんとおにーさんがいなかったら、コンラッドさんには会えなかったです。コンラッドさんと会ってから本を読めるようになりました。幸せの意味もわかるようになりました。コンラッドさんとこんなに綺麗なオーロラを見る時間がハルくんには一番の幸せです」

白い息を吐きながら、ハルは自分の内側から湧いてくる気持ちを彼に伝えた。ハルの言葉にコンラッドはひどくやるせなさそうに目を細め、そしてハルの肩に手を伸ばしてきた。

「……ありがとう」

一言、しぼりだすような彼の声が鼓膜に溶けただけで胸の奥がきゅんとする。そして思った。さっき、コンラッドが話していた物語のように、短い間でもいいから愚かな恋というものをしてみたい、と。オメガの恋は法律では許されていないけれど。

「では俺と行ってくるか」

「どこに?」

「林檎の森で、二人で暮らそう」

「コンラッドさん……」

胸が高鳴る。きゅんとした痛みが広がっているのになぜかとても甘い。

「きみと生きていきたい。小さな診療所をひらいて」

「……そんなこと……法律では。でも……ハルくんはコンラッドさんといたいです、林檎の森で暮らしたいです」

「よかった、同じ気持ちで。きみが好きだという気持ちがもう抑えられない」

そのとき、腰を抱いている彼の手に力が加わり、ふっと唇にあたたかい息が触れる。何だろう、それだけで身体の奥に、ポッと火がついたように熱くなる。胸の奥も身体の芯も皮膚もなにもかも。そんな自分に戸惑っているうちに、そっとくちづけされていた。

「……」

ほんの一瞬の、触れるか触れないかの軽いくちづけだった。

皮膚を重ねた程度だ。その瞬間、ハルは硬直したようになってしまった。

触れあった胸。互いの鼓動の振動を感じる。どくどくと相手の鼓動がこちらに伝わってくるように、コンラッドにも伝わっているだろうか。この振動……自分が彼にドキドキしている音が。

「兄が伴侶と一緒に逃亡する計画を立てていた。俺もその計画を利用する。必ず迎えにいく。だから……」

そのとき、コンラッドの胸でなにかが振動した。スマートフォンに着信があったらしい。確かめたあと、コンラッドの横顔が険しくなるのがわかった。

「父の容態が変わったらしい」

とても残念そうに彼が言ったとき、さっきまで夜空で明るく揺れていたオーロラがいつしか消えていた。漆黒の空に星だけが静かにまたたいていた。

4　生きる力

コンラッドと別れ、施設にもどったあと、事務局に参加許可証を届けたとき、勝手に抜けだした罰として、ハルは謹慎処分を言い渡された。

「所長が危篤だ。業務ができないので、これからは副所長のムルトさんが新しい所長になり、研究も引き継がれることになった」

「え……」

「ハルは、今日からムルトさんの息子の扱いだ。これからは自由に外に出入りすることはできない。他のオメガたちと同じ扱いだ」

意味がわからない。どうして、いきなり……。

「しばらくここに入ってろ」

ハルは鍵のかかった無機質な部屋に閉じこめられてしまった。

なにが起きたのか困惑していたが、それ以上にハルは、その夜、なぜかこれまで感じたことがないほど身体が甘く疼くことに驚愕《きょうがく》した。

（発情期？　まさか……？）

発情期はこない。ずっとそう思ってきた。だけど。

『よかった、同じ気持ちで。きみが好きだという気持ちがもう抑えられない』

コンラッドの言葉が耳の奥でよみがえってくる。

耳にやきついている濃艶な声。それから触れるか触れないかのキス。思い出しただけで身体が熱くなる。

そのせいだろうか。こんなこと一度もなかったのに。

（……発情期がきたら……）

可能性はゼロではない。そうなったらどうなるのだろう。

発情期がきてしまったら。その先の道は決まっている。

たとえハルでも例外にはならないだろう。自然に誕生したオメガとして、どのクラスに入れられるかわからないが、オメガに自由はない。

アルファとつがいになるよう命じられるだけだ。

（コンラッドさん……どうしよう……発情期がきてしまったかもしれません。そうなったらどうなるのかわかりません）

コンラッドさんと林檎の森で暮らしたい。この恋を貫きたい。

他の誰かのつがいにはなりたくない。もし彼が望んでくれるなら、コンラッドと結ばれたい。

それ以外はいやだ。怖い。どうしよう、どうなってしまうのか。


その翌日、ムルト新所長の命令でハルは部屋から出された。

夜、パーティが開かれるらしい。

アルファとオメガがつがいを探すための、見合いの場――いわば婚活パーティのようなものだ。リハーサル中の楽団の優雅な音楽が聞こえるなか、ハルは準備のため、謹慎用の部屋から出るように命じられたのだ。

幸いにも発情期のような熱っぽさが消えていたので、ハルはいつものように仕事をするように命じられた。掃除と雪かき。

（よかった……昨日のあれは気のせいだったんだ。発情期はきっとこない）

そう、どうかきませんように。

祈りながらハルは黙々と掃除をしていた。

パーティが始まる前のホールはとても静かに感じる。

ここでオメガはアルファと出会っても恋はしない。ハルがコンラッドに抱いたような気持ちにはならない。ただ運命のつがいから選ばれるのを待つだけ。

「運命のつがいなんていない」

誰かが口にする。廊下のゴミ箱のゴミを集めていると、後ろからコンラッドの声に似た響きが聞こえた。

「つがいなんていない?」

振り向いて訊こうとしたが、誰もいなかった。

しかしハルの祈りも虚《むな》しく、午後、ついにハルに「その日」がやってきてしまった。

昨晩、少し感じた甘い疼きのようなもの。それがいつになく熱い皮膚の震えとなってきたのだ。もしかしたら——。

ハルの懸念よりも先に、施設内にいる係員に気づかれてしまった。

施設にはアルファの係員で、オメガの発情に誰よりも早く察することができる人物が政府から送られていた。

「ハル、発情期じゃないのか」

係員はハルの腕をつかみ、くんくんと顔を近づけてきた。とっさにハルはあとずさった。

「オメガの発情の匂いだ」

キッパリと断言され、心臓が凍りつきそうになった。

そんなわけはない。発情だなんて。

「検査をする、こっちに」

その場にいた職員たちが一斉にハルに視線を向ける。

検査――――。

どうしよう。もし発情期だったら。

係員が間違えることはない。きっとそうなのだ。

医務室に連れて行かれ、発情抑制剤を処方される。渡された薬を口に含むと、身体の熱が治まった。つまり発情期がきてしまったのだ。

「ハルくん、やはり発情期のようだ」

「――――っ！」

絶望が胸を覆う。ああ、ついに恐れていたことが。

「ちょうどいい。今日、発情期のメンバーは全員パーティに出席することになっている」

「え……でも」

「今日はすべてのランクのパーティがあるんだ。四つのホールに分かれて。大々的なものになる。なので、きみも今夜のパーティに出席するように」

医師からの処方を確認したあと、施設の新しい所長のムルトが命令してきた。

「……不完全だと、前のおとーさんが」

「自然に発情期がくるのを待っていただけだ。きみは人工的な遺伝子の組み合わせで生まれたわけではないからな」

パーティは、いわゆるアルファとオメガの出会いの場だ。しかるべき教育を受け、知性、容姿、健康面で最優秀と認められ、登録されたクラスのオメガしか参加できない。

「ハルくんは何の教育も受けていません。パーティに参加する資格はないです。どのクラスにも入ってないですから」

「命令だ。出席しろ。自然なオメガはAクラスよりも貴重だ。おまえは今日からAクラスに所属させる」

「どうして。法律違反では……」

「命令だ。前の所長からもおまえに発情があったときは、パーティに出席させろと言われている。オメガの一人として」

前の所長——。

その言葉にハルは背筋を震わせた。おとーさん。

「おとーさんは？」

「まだ入院中だ。会えないし、もうきみの父親ではない。昨日からは私の息子扱いになると言っただろう。法的にもそうなっている」

「そんな……」

「おまえは稀少《きしょう》なオメガだ。ロシアの富豪やアメリカの企業家、それから中東の石油王、イタリアのマフィア、欧州の王侯貴族……大金を払っておまえとつがいたいというものも多い。だから待っていたんだ、おまえに自然な発情期が訪れるのを」

「大金て……」

「前から命じられていたんだ。おまえに発情期がきたら、オメガの夜会に出席させろと。ロシアの富豪もここに来ている。そこで、彼がおまえを気に入った場合は、つがいに登録する。おまえのフェロモンが気に入らなかった場合は、アメリカの企業家に。そうすれば法的にも問題なく、おまえを自分の愛人にできるとお考えのようだ」

形だけでも法律にのっとった形で愛人にすれば、あとでどうしようと何の問題も起きないと考えてのことだろう。

「いやです……ハルくんは……」

好きな人がいます。つがいになりたい人は一人だけです。

「拒否する権利はない」

「ハルくんはエリートオメガでも何でもない、出席する資格はないはずです！」

「この施設の管理者は私だ。私の一存でどうにでもできる。そもそもおまえに自由はないのだ。もちろん私にも。ロシアの富豪に逆らうなんてことはできないんだよ」

ムルトはため息混じりに言った。

彼にも自由はないなんて――――。

「おまえに発情期がきたデータは、すでにネット上に登録されている。出席するアルファたちにもデータは送信されている。いまさらパーティに出席しなければ……どうなるかわからないぞ。この世界では、参加するアルファたちに反発することは死を意味する。だからヨーランも殺されたんだよ」

「おにーさんが？」

「そうだ、気に入ったオメガと逃亡しようとした。恋をしてしまったんだ、禁止されているのに。所長は逃亡をやめるよう説得しようとしたが、巻きこまれて……こんなことに」

そうだったのか。そんなことが。

「逆らうことは許されない。いいな、素直に出席しろ。フェロモンが気に入らなかったときは無視される。だが欠席した場合、ただでは済まない。逆らったオメガは世間的には死んだことにされ、奴隷同然に蹂躙《じゅうりん》され、ただ子供を産むためだけのおもちゃにされる」

その後、子供ができなくなると、どこかに売り飛ばされるか殺されるか。いずれにしろ自分の人生を生きられない。

「なら、いっそ殺してください」

ハルは思わず口にしていた。

「ばかなことを。そんなことができるわけがないだろう」

「……そうですね」

そうだ、できるわけがない。

字が読めることも感情があることもだめ。

その意味がようやくわかった。最初から、アルファのための、子供を産むためだけの生き物でしかなかったのだ、自分は。

自殺や逃亡がないように——と、ハルはパーティに出席するオメガたちの控え室の一室に閉じこめられてしまった。

「さあ、これに着替えろ」

専用の職員が現れ、身体のすみずみまで綺麗に洗われ、髪を整えられ、白い仮面と正装用の白いタキシードを着させられる。

アルファは黒い仮面、白いシャツに黒い上下。

一方、オメガは白い仮面に黒いシャツ、白の上下と決まっているのだ。

それぞれタイの色とくつの色、髪型は自由らしい。

今日は、五十名近いアルファと五十名近いオメガとがそれぞれ仮面をつけて参加する。仮面をつけるのは、本能的に惹《ひ》かれ合う者同士が純粋に相手を選べるから——という名目だが、実際は違う。

アルファたちがアルファ同士の間で、たがいの素性を知られないようにするためだともいわれている。

参加するのは政治的にも経済的にも名の通った者ばかり。政治的に対立している者もいれば、経済界でのライバル同士もいる。あるいは、王侯貴族も。反対にマフィアも。

そんな者たちが同じ場に集うのだ。そういう現実社会での争いと離れ、純粋に自分たちのつがいにふさわしい相手に出会えるよう、極力照明が落とされたフロアで全員が仮面をつけて素性がわからないようにして参加するのだ。

発情期さえこなければこんなことにはならなかったのに。

多分……発情期がきてしまったのは……あの人に惹かれたからだと思う。

（コンラッドさん……）

あのとき、何か感じるものがあったせいで、おそらくハルの肉体が反応してしまったのだ。コンラッドに本能的に惹かれてしまったから。

（ううん、違う。……本能というか……気持ち的に……）

動物的に肉体の本能というよりは、魂や気持ちの面で惹かれたからこそ身体が反応してしまった気がする。おそらくそのせいで肉体に変化が起きてしまったのだろう。


「さあ、こっちにきなさい」

パーティ用のフロアに連れて行かれる。そこにはまだアルファは現れていなかった。

ホテルのバンケットのような場所だが、照明が落とされ、広々としたフロアの椅子に座るよう指示された。

始まるまでまだ少しある。

それぞれに発情抑制剤を与えられ、それが効いてきたころにアルファが入ってくるらしい。

赤や青や緑のライトがぼんやりと照らしている空間。

一カ所だけ膝の高さくらいのステージがあり、そこで楽団が楽器のチューニングを行っている。

楽団だ。ピアノ、チェロ、ヴァイオリン、それから歌手……といった面々がいる。

全員がベータだ。アルファが入ってくる前に彼らは目隠しをさせられるらしい。この場でのことを外部に漏らさないために。

（……あの店を思い出す……自由に生きられないなら、いっそ死んでしまいたい。殺されたほうがマシだ）

そう思ったとき、コンラッドとの会話を思い出した。

いろんなことを教えてくれた。

うれしかった。胸が高なった。多分、そのとき、彼に恋をした。

もう一度、会いたい。彼が惹かれるといった自分でありたい。

あの人と林檎の森で暮らしたい――そう思っただけで血が熱く騒ぐのを感じた。

「ロシアの高官がきたぞ」

誰かが囁《ささや》くのが聞こえた。

「ハル、おまえの相手だ」

「あれが？」

フロアの端――ステージの前に、数人の部下を連れた長身の男の姿があった。

茶色の髪をした、いかにもセレブといった雰囲気の長身の男が葉巻をふかしている。

ロシアでは有名な大臣でもあり、大富豪でもあるらしいが、それがどういう立場なのかハルにはわからない。

黒いタキシードを身につけ、一人だけ、仮面をつけていないので顔がはっきりとわかった。彫りが深い端整な顔立ちをしている。フロアの隅に座ったオメガたちを値踏みするような目で見ているように思えてゾッとした。

ハルの席からは、十メートルほど離れている。暗がりなのでわかりにくいかもしれないが、それでもこちらに気づいたのか、ハルを見て部下に耳打ちしている。

「……っ」

椅子に座ったまま、遠くからでも蛇に睨《にら》まれたカエルのように身動きができなくなる。背筋がゾッとして恐怖で全身が痺《しび》れた。

いやだ。本能的に感じる嫌悪感。あの男の愛人になるなんて考えられない。

想像しただけで死んでしまいたくなる。いっそそのナイフを自分の首に。

立食用の食材が並べられたテーブルに、肉を切るためのナイフが置かれている。

ハルは浅く息を吸った。

あれで彼を殺す？　――できるわけがない。

自分が死ぬ？　――いやだ、コンラッドにもう一度会いたい。自分が惹かれた相手。彼に会いたい。だから生き延びたい。

「……」

何とか逃げだそう。仮面をつけている今がチャンスだ。幸いにも抑制剤を飲んでいる。パーティの場では、間違いが起きないよう、オメガは全員抑制剤を飲んでいる。その場で、アルファがいきなり襲っては困るからだ。

法律的にはきちんと申請して「つがい」の契約を結ばなければならない。たとえ建前であったとしても。

だから逃げるとしたら、今がチャンスだ。幸いにも、ハルはこれまで労働者としてこの施設の外に何度も出ている。周りがどんなふうになっているか知っている。

ここにいるエリートオメガたちは、一旦、入ってしまったら許可なく出ることはできないが、ハルには可能だった。

（ピアス……ＧＰＳを外せばいいと教えてくれた。もう充電が切れているとも……）

音楽が始まり、楽団がワルツを奏で始める。ワインを持ったウエイターたちがオメガの席に置いていく。

「……トイレに」

そっと立ちあがり、ハルは厨房の奥のトイレにむかった。シャツの胸ポケットに仮面をしまって。

普段、働いている場所なので従業員用の出入り口もわかっている。

あわただしくスタッフたちが酒やカナッペの用意をしているところを抜けようとしたそのとき、従業員用の出入り口の前にかすかな人の気配を感じた。

「……っ！」

息を詰め、中をうかがっているような感じだ。配膳台の後ろに身を潜めながらそっと周りの様子をうかがえば、物陰から自分をうかがっている人の姿も見えた。

「しまった……」

逃げられるダクトのようなものはないかと思ったそのとき、出入り口とは違う廊下の反対方向にある小さな窓のことを思い出した。

そうだ……あそこからなら。

小柄な人間なら通れないほどではない。幸いにもその窓からなら隣の建物の屋根へ飛び降りることが可能だとわかっている。

配膳台の陰から暗い廊下を進もうとしたそのとき、暗闇に佇《たたず》む人影がふっと浮きあがって見えた。黒いソフト帽をかぶった金髪の黒いスーツ姿の男が佇んでいた。

まずい。客の誰かだ、アルファだろう。こんなところにいるなんて。

コツコツと静かな靴音が聞こえてきた。

「……」

しかし、誰なのか、一瞬でわかってしまった。

「あなたは……」

心臓が高鳴りそうになる。どうして彼がここに。

「ハル、早く会場に戻るんだ」

その声――コンラッドだった。ハルの服装を見てすぐになにがあったのか把握したのか彼は声を潜めて耳元で囁いた。

「……いやです」

小声で言ったハルに、コンラッドはいぶかしげに眉をひそめた。

「事情はわかっている。きみを助けにきた」

あたりを見まわし、コンラッドはハルの腕をつかんで物陰へと移動した。

「助けに？」

どうしよう、鼓動がさらに高鳴る。ハルの背に腕をまわし、顔をのぞきこんでくる瞳の優しさに救いを感じた。

「約束しただろう、迎えにくると」

「え、ええ」

「……今、騒ぎを起こされては困る。必ず守る。だから俺がきみを『つがい』に選んだことにして、おとなしくフロアに戻って欲しい」

「だけど……ロシアの大臣がハルくんを」

「それも知っている。だからこそ騒ぎを起こさず、穏便にきみをここから逃亡させたい」

「逃亡……できるのですか」

「準備は整えた」

「でもおにーさんは逃亡しようとして」

「知ってる。だからこそ慎重に準備をしてきた」

そうか、彼はすべてを知った上で。どうなっているのかわからないが、それでも彼がここにいて、自分を迎えにきてくれた事実に涙があふれてくる。

「わかりました、従います」

「俺がきみを守る。ふたりで生きる。そのためにきたのだから」

よかった。大丈夫だ、もう大丈夫。

フロアに流れている甘ったるいバラード調の音楽。

すでに何組かのアルファとオメガが踊っている。

「なにもなかったように……俺と一曲、踊ってくれ」

「はい」

カタカタと天井扇が軋《きし》んだ音を立てている中、静かに音楽が流れている。仄暗《ほの》いホールに流れている、甘いヴァイオリンの旋律が耳に心地いい。

さっきよりもペアが増え、フロアのスペースに余裕がなくなってきている。アルファがオメガを選び、ダンスをし、そのまま「つがい」にするかどうか確かめているのだ。

「彼らにまぎれこんで……踊るんだ」

「はい」

コンラッドはハルの肩に手をかけた。

足の間にコンラッドの膝が入りこみ、ぐいとこちらの腰を引き寄せようとする。この前とは違う、もっと官能的な動きだった。

「ま……まま、待って……あの」

あわててハルは彼から身体を少し離そうとした。

「ここはアルファとオメガがつがいを探す場所だ。我々は互いがつがいかどうか確かめあうために踊っているんだ。それらしくしてくれないと」

耳元で囁かれた声に心臓がドキドキする。

そんなことを吐息まじりに囁かれたら身体が熱くなりそうで怖い。

仮面をつけた者同士、見れば周りはみんな今にもキスするような雰囲気で甘美にバラードを踊っている。それだけで肌が熱くなってきた。

「……っ」

どうしたのか、抑制剤を飲んでいるのに身体が発情してしまう。

「熱があるのか」

「え……」

「発情しているのか」

「わからないです……でも……多分」

「やはりデータどおりか。なら……すぐに俺のつがいに……」

耳元で囁かれ、肌が震えた。

「……」

その言葉にごくりと息をのみ、ハルは睫毛《まつげ》を揺らして見あげた。

「いや、違う。つがいにするなんて言い方をしてすまない。きみをパートナーにしたい。俺の生涯の伴侶になってくれるか」

「……コンラッドさん」

「大好きだ、ハル」

首筋に彼の唇が近づいてくるのがわかった。

そのままそこを噛《か》まれれば、ハルは彼のつがいになる。そうなれば他のアルファを刺激することはない。

「あの……」

「大丈夫だ、こんな場所でつがいにしたりしない」

法律違反だ。先に申請しないといけないのだから。

「だが……きみさえ、いやでなければ」

「いやだなんて……ハルくんは……林檎の森で暮らしたいんです、あなたと」

「ただ暮らすだけでなく、伴侶となるというのは……愛しあう夫婦として……という意味もある。二人の間に子供ができることだって」

「……」

子供――――っ！　考えこともなかった。けれどもしそうなったらどんなに幸せだろう。あのお店のマスターが話していた幸せ。愛する伴侶と子供との幸せな時間……。

「幸せになりたいです……そんなふうに」

「では結婚しよう」

その言葉にハルは息をするのも忘れ、目をみはった。瞳を震わせるハルにコンラッドはマスクのむこうの目を細め、「ああ」と微笑しながらうなずいた。

結婚。コンラッドと自分が。ああ、何という幸せか。

暗いフロアのなか、どのペアも同じように密着して甘い雰囲気に包まれているので二人の姿は目立たない。

所長はどこにいるのかわからない。ロシアの大臣もわからない。三曲目で彼と踊るようにと言われているが、今が何曲目かもわからない。このままだとどうなるのか。

「約束だ」

たがいの息を感じるほど密接に身体が重なったかと思うと、ゆっくりとコンラッドがほおに唇を近づけてきた。

ハルはいつしかまぶたを閉じた。唇が皮膚にふれ、甘く感傷的なバラードの旋律に合わせ、コンラッドの手が自分の肩や背をかきいだいてくる。

そのとき――――。

コンラッドがスッとなにかを察したようにステップを踏む足を止めた。

「これから国際警察がここに踏みこむ。きみは俺の陰に隠れていろ」

「え……」

ハルは息を殺した。コンラッドはハルの肩を自分に抱き寄せた。

「――っ！」

ハッとした瞬間、フロアに叫び声が響き渡った。

「国際警察だっ、じっとしてろ！」

「ここの職員全員、逮捕する」

警察がフロアの中央にむかっていく。

するとと銃声があたりに響きわたり、叫び声が反響する。ハルは息を詰め、目線をあげた。

「……っ」

「俺についてくるんだ」

コンラッドは混乱する現場から逃れるようにハルを連れて外に出た。建物の裏口から外に出ると、前に黒塗りのベンツが停《と》まっていた。

「さあ、早くなかへ」

訳がわからないが、ハルはうながされるまま、コンラッドの車のリアシートに乗りこんだ。

5　煌《きら》めく夜に

「……今夜はここで」

その夜、コンラッドは郊外に借りていたペンションの寝室に連れて行き、改めてハルの気持ちを確かめることにした。

これから先のこともこれまでのこともきちんと説明して。

「あの……施設は大丈夫ですか？　警察がどうして」

「ああ、所長の違法行為の摘発を……」

「警察がくるのがわかっていたから、騒ぎを起こしてはいけなかったのですね」

本当に頭がいいと思った。説明をしなくても、こちらの意図したことを汲《く》みとってくれる。

それだけに父のしたことの罪深さに胸が痛くなる。

「施設はどうなるんですか？」

「今後、今日のようなパーティはなくなると思う。兄の残したデータを調べていくと、かなりの金が絡んでいたのがわかった。人工的に優秀な遺伝子を配合してオメガを誕生させ、金額で相手を決めていたんだ。そんなことは違法だからね」

「相手のフェロモンでつがいを決めるのではなく？」

「そう。今後、人道的な観点からも施設は閉鎖されるだろう」

兄が残したデータを見て、母が警察に連絡したのだ。兄は研究施設にいたオメガを愛したことで、自分がたずさわっている研究の違法性に気づき、逃亡を計画していた。そしてしかるべきときをみはからってすべてを告発しようとデータを作成していた。

しかしそれがムルトに知られ、結局は愛する相手とともに命を喪《うしな》う結果となったが。

「おとーさんはどうなりましたか？」

「ああ、父は母の手配で、ヘルシンキの病院に転院させることになった。意識不明の重態であることには変わりはないが」

「そうですか」

ハルは哀《かな》しそうな顔をしている。実験対象にされていたというのに。

父は稀少《きしょう》なオメガとして、ハルを最高の切り札と考えていたようだ。高額の研究費用とひきかえに、最高値を入札してくれた相手に渡す計画を立てていた。

母は警察とともに、人工的に誕生させられたオメガをどうするか、医学的な観点から捜査に協力するつもりのようだが。

自然に誕生したオメガなので、本来ならハルの存在は除外されるはずだが、父の養子になっていたのもあり、証人扱いされてしまうだろう。今後、どのような目に遭うかと想像するとゾッとする。

マスコミの好奇の目に晒《さら》されるのは目に見えている。結局、自由になることもかなわず、研究施設の違法性を証明するための道具とされてしまう。

(それだけは許せない。これまでもずっと父の研究の犠牲になっていたのに、この先も自由に生きられないなんて)

犯罪だとわかりながらも兄のデータを改竄《かいざん》し、ハルは死んだことにしておいた。医療研究施設にある彼のデータも破壊しておいた。

「ハル、これがきみの新しい身分証だ。兄が恋人のために用意しておいたものだが」

「新しい身分証？　ハルくんの？　でも誕生日が違います。それにサーミ人になっています」

「このままだときみは自由になれない。まったく別の人間とならないかぎり」

ハルはじっとそれを見たあと、まっすぐな目で問いかけてきた。

「コンラッドさんはそうすべきだと思いますか？」

「そうして欲しい」

ハルを見つめ、コンラッドは祈るように言った。

遺伝子を操作して、オメガを誕生させるという、人道に反する違法行為。

オメガはつがいになったアルファの子を出産できるだけではない。

万が一、骨髄移植や臓器移植が必要になったときに適合しやすい状態になる。

まだこのことは極秘だが、父は次はその研究も本格化させるつもりでいた。

そして最終的には、そのデータをベースに、アルファの女性もオメガのように妊娠しやすい肉体にするという目標を持っていたが。

こうした研究費用を負担しているのが世界的な富豪たちだ。

それを摘発するため国際警察にコンラッドはあの施設の資料を流したのだ。

奇跡的に回復したとしても父は逮捕されるだろう。

そしてコンラッドも証人として裁判に参加することになる。

その前にハルだけは助けたかった。

たったひとり――自然に誕生したオメガとして、彼が好奇の目に晒されるような事態だけは何としても避けたい。

違法だとわかっていても、データから彼の存在はすべて抹消しておいた。

そして彼に新しい参加許可証と身分証を用意した。

兄が死ぬ前に、自分の恋人のオメガを逃すために用意していたものだった。

幸いにもハルと同じ年齢で、しかもハルという名前を使うつもりでいたらしく、おかげで無理に変更する必要もなかった。

性別はオメガだが、少数民族のサーミ人となっている。

サーミには、今も数人の自然発生のオメガがいる。その一人の振りをさせるつもりだったのだろう。

しばらくの間、ハルにはこの身分証の人物になりすましてもらう。兄がひっこす予定で用意していた小屋をそのまま使用すればいい。林檎の木もある理想的な場所だった。

「ハル、一生というわけではない。捕まらないために、一時的に。すべての責任は俺が負う」

守りたい、ハルを。ハルに静かで平和な暮らしを。この愛《いと》しい相手が笑顔で幸せを感じてくれるなら、法を犯そうとも、それによって未来を失っても。兄が命がけで守ろうとした気持ちが理解できる。それでも守れなかった兄。だけど自分は何としても。そんなコンラッドの祈るような思いが通じたのか、ハルは笑顔で言った。

「わかりました。ハルくんは、今日からこの身分証の人になります」

「……っ」

夜半すぎ、ハルの身体《からだ》に異変が現れた。ハルが入浴前のサウナに入ったとたん、暑い空気のせいか、一気に抑制剤の効果がきれてしまい、発情の熱に肉体が襲われ始めたのだ。

「助けて……コンラッドさ……」

バスローブをまとったまま、サウナの戸口で倒れそうになっているハルに気づき、コンラッドはあわてて彼を抱きあげた。

「発情だ。早く抑制剤を……」

彼からの甘い匂いでどうにかなってしまいそうだ。

ペンション内の、一番奥の白いシーツのベッドに彼を横たわらせ、コンラッドは抑制剤を処方しようとした。

「待って……ください」

しかしベッドで半身を起こしてハルがコンラッドの腕をつかんだ。なやましく濡《ぬ》れたような眼差《まなざ》しでハルがコンラッドを凝視する。

薄明かりがついただけの、清潔で簡素な寝室にハルのフェロモンの匂いが狂おしく充満している。これ以上、自分はここにいたらなにをしてしまうかわからない。

「……ん……」

彼の吐息はどこまでも甘い。その様子にたまらなく劣情が煽《あお》られてしまう。

「ハル……ダメだ、こんなふうにそばにいると」

「お願い……ハルくんと……つがいに……今、ここで」

「……っ！」

「コンラッドさんがイヤでなければ……」

「俺は……ハルがイヤでなければ、すぐにでも」

そうだ、すぐにでもつがいにしたい。自分のものにすれば、もう他のアルファが彼を襲うことはない。

オメガはつがいとなったアルファ以外、性的に刺激しないのだから。

ハルの、この甘く芳しい香りに反応するアルファは、コンラッドだけになる。

それはハルの今後の安全を保障するものでもあるのだが、本人がそれを望まないかぎり、そうした行為をする気はなかった。

「ハルくんは……コンラッドさんと……愛しあいたい……です」

胸が疼《うず》く。たまらない愛しさがこみあげてくる。今すぐ彼を抱きたい。

「俺も……ハルを愛したい」

「ハルくんも……愛したいです。ロミオとジュリエットみたいに、短い間でも愚かでも……コンラッドさんと激しい恋が」

もう抑えきれない。そんな愛しい言葉を口にされると、今夜、彼をつがいにしてしまうだろう。オメガは発情時でなければつがいにはできないのだから。

だとしたら、今夜から一週間ほどしか。そうでなければ次の発情は三カ月後だ。もちろんハルがそっちのほうがいいと言うならいくらでも待つつもりでいたし、彼がそういう行為はイヤだと拒否したら、どんなことがあっても耐えるつもりでいたが。

「俺も……あの物語のように……ハルと激しい恋がしたい」

ホッとしたような顔でハルはすがるものを求めるようにこちらの腕をつかんでいた。発情が激しくなっているらしい。

「だが、絶対に悲劇にはしない。二人で幸せになろう」

「はい」

コンラッドのつがいになれば、これから先、他のアルファの欲望を刺激することもなく普通に暮らしていけるはずだ。

「ハル……」

コンラッドはハルを立ちあがらせ、後ろから彼を抱きしめた。うなじから漂う甘美な香りに脳がくらくらとしてくる。

「……大好きだ、一生の愛をきみに誓う」

そのうなじの付け根に唇を近づけると、ハルが浅く息を吸うのがわかった。

緊張で皮膚がかすかに震えている。けれどじっとこちらの動きに身を任せようとしているのが伝わり、こみあげてくる愛しさのまま、コンラッドはハルの首筋に軽く歯を立てた。

アルファがオメガをつがいにする儀式。

この瞬間、コンラッドの遺伝子がハルのDNAとRNAの二重螺旋《らせん》に記録される。そのため、ハルのフェロモンはコンラッド以外に届かなくなるのだ。

「幸せです……ハルくん……これでコンラッドさんのつがいなんですね」

「そうだ」

うなずくと、ハルがふりむく。その眼差しが愛しくてたまらない。

コンラッドは、ハルをそのままベッドに横たわらせた。

「あ……っ」

バスローブの胸をひらくと、ハルの乳首がぷっくりと膨らんでいるのが目に入った。それだけで煽られてしまい、もう止められない、そう思った。

ハルの乳首に舌を這《は》わせていく。そっと唇で乳首を吸うと、彼の皮膚にしっとりとした汗がにじみ始める。

「あ……っ……ああ……っ」

そのまま乳首を甘く噛《か》むと、ハルの腰が淫らに揺れる。

「なにもかも初めてなんだな」

コンラッドはその顔をのぞきこんだ。コンラッドのくせのない前髪がはらりと下がり、彼の額を撫《な》でていく。

「え……ええ……発情しないと……思っていたので……こんなこと……」

「だが発情してしまった」

「……あなたと……出会ったから」

ハルは泣きそうな目でコンラッドを見つめてきた。

「俺と？」

「そう……あなたに……恋をしたから」

官能的な唇から漏れる弱々しい声音が心地よく耳に溶けていく。その声だけで、コンラッドは身体の芯に欲情の火種を埋めこまれた気がした。

「ハル……」

そっと彼のほおにかかった髪をかきあげ、そのままハルの唇を唇でふさぐ。

見た目どおりのやわらかな感触、そして想像よりもずっと甘い香り。彼から漂っている林檎《りんご》とバニラのような甘ったるい匂いがして頭がくらくらしてくる。

「ん……ふ……っ」

ちゅっちゅ……と音を立ててくちづけしたあと、そっと優しく愛撫《あいぶ》するように唇を押し当ててつつみこむ。ハルの腕がコンラッドの背中に伸びてきた。

「……っ……ん」

舌をもつれさせ、口腔《こうこう》を深く貪ると、こちらの背をかき抱くハルの爪に強さが加わってシャツの上からでも痛みを感じた。

ハルの肩に手をかけると、ぴくりと身体を強《こわ》ばらせる。

皮膚を震わせ、息を浅く喘《あえ》がせる姿からはこれから起きることへの甘やかな期待が感じられ、こちらもうれしくなってくる。

コンラッドもそうだ。

初めて会ったときから忘れられなかった。恋をした。兄の葬儀に出席していても、父を見舞っていてもどうしようもないほどハルのことが愛しくなってしまったのだ。

「今夜、子供……できますか?」

唇を離すと、少しほおを赤らめてハルが問いかけてくる。

「いや、さすがにすぐには無理だろう。だが、いつか」

涙をにじませているハルの目元をコンラッドはそっと指ですくった。

「……そんな……夢のようなことができたら……幸せですね」

「夢?」

「……家族が持てるかもしれないと思うと……それだけで幸せな気持ちになります」

「本当に? 本当に……俺の伴侶になって子供を作っても……」

「イヤじゃないですか?」

「まさか」

「よかった」

その笑みにほっとした。だがこれ以上、こんな話をする余裕はなかった。

「その話はまた明日にでも……先にきみが欲しい」

「……ハルくんも……です」

とてつもなく愛らしい。

物心つく前から医療研究施設付属のエリートオメガ専用の宿舎で下働きをし、外の世界を知らないまま育った。文字も知らず、他人との関わりも知らず。

それゆえの純粋さと無垢《むく》さに惹《ひ》かれると同時に、彼がおそらく自分自身でさえ気づかなかった孤独そうな風情に胸が痛む。

けれど同時に、そこからしなやかに生きていこうと自分の人生を切り開こうとする姿に眩《まぶ》しさを感じた。

出会うべくして出会った理想の相手なのかもしれない。

急速に惹かれてしまった。運命のつがいというと安易だが、おそらくそうなのだろう。

生まれる前から決まっていると言われているが、そうではないと思う。出会うべくして出会った魂の共鳴する相手――それが運命のつがいなのだと思う。

「ん……っ……」

少し乳首を弄《いじ》っただけでハルの生殖器が反応を示しだすのがわかった。

「ん……っ……ああ……」

「そろそろ欲しいのか」

コンラッドはハルの両足首に手を伸ばして左右に広げた。

こちらの欲望だけをぶつけるのでは「つがい」とはいえない。

愛しいと思うからこそ、この肉体に溶けてみたい、そんな気持ちが湧き、コンラッドはハルの細い腰をつかんで優しく持ちあげた。

そのまま己の猛《たけ》った肉塊をあてがう。だが、ハルが身体をこわばらせる。

「…………っ……怖い……」

「怖いことじゃない。愛しいから」

コンラッドの言葉にハルが目を見ひらく。

「愛しいから？」

「そうだ。きみが純粋に愛しい。オメガだから、アルファだからではなく、この前、告げたように魂の奥で求めているから」

彼の瞳にじんわりと涙が溜《た》まる。

「きみは？」

「……」

ハルはじっとコンラッドを見つめた。そして澄んだ笑みをうかべた。

「コンラッドさんが大好きです……だからきてください。愛されたいです」

「よかった」

コンラッドは微笑したあと、彼の唇にそっと触れながら、ゆっくりとその狭い窪《くぼ》みの奥へと突き進んでいった。

「あ……ああ……ああああっ」

ぐちゅり……と濡れた音がする。わずかな反発を感じたが、受け入れようという気持ちの顕《あらわ》れか、オメガ特有の肉体のせいか、いつしかやわらかく熱を帯びた粘膜がコンラッドの肉塊を呑《の》みこんでいく。

「ああ……ああ……ふ……う……っ……ああっ……」

何という窮屈さ。だが、凄《すさ》まじい熱だ。ピクピクと痙攣《けいれん》しながら、熱くなやましくコンラッドの性器に絡みついてくる。

「ああっ……いっ……あああっ、ああっ」

ハルのなめらかな肌からにじみ出る甘いフェロモンの香りが狂おしい。こちらの細胞にまで絡みついて酔わせてくれるようだ。

「く……あぁっ……ああ」

腰を動かすたび、ベッドが大きく軋《きし》む。のけぞるたび、彼が肩に食いこませる爪が痛い。けれど切なくて心地よい痛みだった。

「あぁっ、あぁ」

石造りの小屋に響くハルの声がコンラッドの鼓膜を甘く刺激してくる。なにもかもこの瞬間のために生きているような充足感と幸福感にコンラッドは満たされていた。

†

『そうだ。きみが純粋に愛しい。オメガだから、アルファだからではなく、この前、告げたように魂の奥で求めている』

そうコンラッドに言われたとき、どれほど嬉しかったことか。

愛しいと思ってくれる人間がこの世にいる、その事実に。

だから初めての行為なのにハルはどうしようもなく激しく身悶《みもだ》えてしまった。

心のなかではとてつもなく恥ずかしかったのに。

自分が自分でいられないような状況に。

けれどそんな感情よりも、愛しく感じている相手とつながりたかった。

どうしたのか、コンラッドに抱かれたくて抱かれたくてどうしようもなくなってしまっていたのだ。

明け方、目を覚ますと、コンラッドが旅の支度をしていた。初めての行為のせいか、まだ身体のあちこちが軋んでいる。でもそれは心地のよい痛みと疲労感だった。

自分はコンラッドのつがいになったのだ。愛を誓ったのだと思うと、幸せで胸が満たされ、涙がにじんでくる。

「おはよう、身体は大丈夫か？」

ハルの隣に腰かけ、肩をひきよせてコンラッドがそっとほおにキスをしてくる。

「平気です。ところで……もう出かけるのですか？」

「すまない、昨日の今日で。もう少しゆっくりしたいが、このペンションは一泊だけしかできない。ここを引き払ったあと、北上する予定だ」

「どこへ？」

「もっと北へ。そこで暮らせるよう準備をしておいた。動けるか？」

「はい」

細やかに気づかってくれる。こんなふうにされたことがないので、その優しさが怖いくらいだ。あまりにも幸せで。

朝食のあと、コンラッドの車に乗り、ヘルシンキからサンタクロースの村へ。

雪をまとったモミの木の森が延々と続くフィンランドの光景。ちょうどクリスマス前なので、途中の集落はとても華やかな雰囲気だった。

そこからさらに車で北上してラップランド地方のサーリセルカへ。そこにあるホテルのようなところにコンラッドは車をあずけた。

「まだ明るいうちに二人の家へ行こう」

「家？」

「そう、用意しておいた。きみと俺の家。すべてが落ちついたら俺はそこで診療所をひらく予定だ。林檎の木もあるし、ブランコもある。ふわふわした苔《こけ》もたくさんあるから、昼寝をすると夏は気持ちがいい。あとは……まだ手入れをしていないので、これから増やそう。二人で住むのに必要なものは届けるように手配してある」

家……。二人で暮らす家がある。林檎の木もある。ブランコなんて乗ったことがない。苔がふわふわしているのは知っているけれど、昼寝ができるなんて知らなかった。

「……信じられないです、ハルくん、コンラッドさんと幸せになるんですね」

「そのためにつがいになったんだ。クリスマスまでは教会の予約が取れないが、そのあとなら大丈夫なので、結婚式をあげよう」

「結婚式……ハルくんが……コンラッドさんと？」

胸が熱くなって、涙がにじんでくる。冷たい空気に触れ、すぐに冷たくなるかと思ったけれど、ほおが熱い涙でぐっしょりとしてしまう。

「ハル、俺たちは結婚するんだ」

「結婚……」

「俺は、地域の人のために働いて、ハルは大好きな林檎でたくさんおいしいものを作って、それから子供ができたら、二人で大切に愛して育てよう」

「ハルくん、子供に、あの本、読んであげたいです。子供ができたら、小さなころから賢くしたいです」

「ああ、約束だ。そうしよう」

約束……。何という素敵な言葉の響きだろう。この美しい場所でコンラッドと結婚して、彼はお医者さんになって、ハルくんはたくさんおいしいものを作って、それから子供に本を読んであげる。そんな生活ができるなんて。

「さあ、泣いてないで。これからいろんな準備をしないといけないんだ」

コンラッドが用意していたスノーモービルに乗りこみ、森に囲まれた道へとむかう。

もう少しで日暮れになるのだろう。オレンジ色の夕日が雪の森を淡く照らしている。

冬の太陽の光を一身に浴びている姿がとても美しく見えた。

高台にくると、コンラッドはスノーモービルを停《と》めた。雪をまとったモミの木の森の向こうに、凍った湖が広がっている。雪も積もっているような感じがする。

淡い薔薇《ばら》色の夕日に染められた湖の美しさに感動し、胸がいっぱいになった。

「これがラップランドですか、すごいですね」

「そうだ。世界で一番広くて美しい」

「本当に？　でも中国やロシアのほうが面積は……」

「いいんだ、美しさは最高なんだから何でも世界で一番ということにしておけば」

ハルはクスッと笑った。

この人と一緒にいると、けっこうこういうところがあることに気づいた。

医師として優秀な成績をおさめたと聞いているが、本当だろうかと思うことがたまに。

でもそういうところが魅力的で、ますます好きになってしまっている。

「すごいですね。こんなにも大きく、こんなにも美しい国だなんて」

「そう、世界で一番美しい。だから……神さまはたくさんの悪魔を送り込んだんだろう」

「……悪魔？」

「そう、父のような。一見、福祉大国に見えるが、長い間の政治不安、経済不安、それからロシアからの支配……この国はいろんな歴史を抱えている。確かにこの国はとても美しい。けれど世界の果てにあるせいか、いつも世界のはみ出しもののような存在でもあった気がする」

「こんなに綺麗《きれい》なのに？」

「そう、美しいからこそ」

雪の平原へと続く凍った湖が夕暮れの光に包まれている。

雪と氷が夕陽を反射しあい、虹色の光彩となって、きらきらと煌《きら》めいている。

あのままあの施設にいたら、おそらくこの先の人生で、決して知ることのなかった世界だ。

後ろをむくと、夕暮れが近づいているせいか、集落のシルエットと村の光だけが浮きあがって見えた。しかし、やがてあたりが真っ暗な闇に包まれ、視界もままならないようになった。

「急ごう、あと少しだ」

コンラッドはそこからさらに北上し、原生林の雪の森のなかにある小さな赤い家の脇にスノーモービルを停めた。雪に覆われたブランコがある。

「もしかして、ここが？」

「そう、俺たちの家だ。見た目はボロいが、中はそこそこ使える。そのうちちゃんと住めるようにするから」

コンラッドの言った通り、中は小さなペンションのような感じになっていた。

暖炉の火をつけたので決して寒くはない。窓が高いところにあり、空が眺められるようになっているので、見あげると満天の星とオーロラが見えた。

緯度のせいかとても空気が澄んでいるのだろう。

「このあたりは空気の純度が高い。だから夜、空を見あげると、世界でも有数の星の数の観測値になるらしい」

「素敵ですね。さっき、トナカイの足跡もありましたよ」

「トナカイはいいが、ヒグマもいる。気をつけろよ」

「クマ？　はい、気をつけます」

「飯にしよう。待っていろ、支度する」

　コンラッドは途中で立ちよったスーパーで買った袋からチーズとミートパイを取りだして、暖炉の火であぶるように焼き始めた。

「できあがったぞ」

　こんがりと焼けたチーズとミートパイの香ばしい匂いにハルは自分が空腹だったことに気づく。こんなの、初めてだ。目の前のものが食べたくてしかたがないと感じることなんて。

「それからこれも」

　コーヒーとシナモンロールも用意し、ミートパイにとろとろのチーズを載せて皿に盛りつけてくれた。コーヒーの匂いも心地いい。シナモンロールの奥から漂う黒糖の甘い香りを吸っただけで胃がグーっと鳴る。どうしたのだろう、ただの食事なのに心がはずむ。

「コンラッドさんは？」

「先にきみが」

「ありがとうございます」

　笑顔でミートパイを受けとると、ハルはパイを噛みしめた。そして驚いたような顔をして、まっすぐコンラッドを見つめた。

「これ……普通のミートパイですか？」

「そうだ、さっきスーパーで買ったやつだ。シナモンロールはその横のカフェで」

「こんなにおいしかったんだ、びっくりしました」

あまりの香ばしさ、ジューシーさに驚いて思わず声をあげてしまった。

「普通の味だ。どこのスーパーでも売っている」

「だって、本当においしいんです、これまで食べたものよりもずっと」

「暖炉で焼いたからか？」

不思議そうに首をかしげ、コンラッドはハルの皿からミートパイのかけらをつまんで自分の口にほうりこんだ。

「いつもと同じだぞ。よく食べている味だ」

綺麗な口元を歪《ゆが》め、小首をかしげている様子が愛しくてハルは微笑した。

「ううん、違います」

「同じだ」

「違うんです、きっと違うんです」

ハルはしみじみとした口調で言った。

「多分ね……大自然のなかで食べているからおいしいんです。ハルくん、こんなところにきたの、生まれて初めてですから」

「ハル……」

彼は切なそうにハルを見つめた。

「それ以上に……あなたといるから」

　コンラッドは視線を落とした。

「ハルは……生まれてから今日まであの施設だけで過ごしてきたんだな」

「はい、だから初めてのことばかりでびっくりしています。コンラッドさんのくれた本に、いろんなことを空想実験してみようと書いてあって、たくさん空想したけど……空想よりももっと世界には綺麗なものがあって、もっと広くて、いろんな建物もいろんな人もいて……ハルくんの知らないことがいっぱいで……」

　話しているうちにどんどん胸がはずんでくる。怖い人たちから逃げているのに胸がわくわくしてどうしようもない。ハルはこれ以上ないほど笑顔を深めていった。それなのに、ハルが笑顔になればなるほどコンラッドは眉を寄せ、やるせなさそうにこちら見つめてくる。

「……楽しいのか？　俺とこうしていると」

「すごく。だから、ハルくん、きっともうひとりぼっちの淋しいのは耐えられないです」

「淋しかったのか？」

　低い声で問われ、ハルはコーヒーカップを両手でつかんでそこに映る自分を見た。

「……はい、多分。でも……その意味もわかっていなかったです……」

　このひとと出会うまで、誰かといることがこんなにも楽しいなんて知らなかったから。

「ただ今はわかるんです。あまりに幸せだから。あなたがいて、二人で住む家にいて、いつかここでこの身体のなかに子供を宿して……そんな自分の未来、愛する人との未来に進んで行けることが幸せだって知ったから……昔のハルくんはとっても淋しかったことがわかるんです」

「幸せなんて……ハル、こんなことくらいで。まだ何もしてないのに口にしないでくれ」

「どうして……本当のことなのに」

「もっと大きな幸せがある。もっと幸せになってほしい。でないと、父がきみにした罪がどうしようもなく許せなくなる」

そのためにもっと……と言いかけ、コンラッドは視線をそらした。

「どうしたのですか？」

「まだそれを言う資格がない」

コンラッドのこういうところも好きだ。

実は完璧主義なのだ。さっきのように、フィンランドを世界一広いというようなかわいらしく適当なところもあるけれど、ハルのことに関しては完璧でいようとしてくれている。

愛するものを守りたいという気持ち。愛するもののために完璧でありたいと思う気持ち。

それを実感していた。

「あなたが……素敵な人で良かったです」

「……？」

「大好きになった人がコンラッドさんで本当によかったです」

ニッコリと笑いかけると、コンラッドが少し照れたように視線をそらす。そして手を差し伸べてきた。

「え……」

首をかしげ、一瞬、何なのだろうと思ったけれどすぐにわかった。

抱きしめたいということだ。

彼の肩にもたれかかって空を見あげる。

「綺麗だな」

大きな天窓の上に美しいオーロラが世界を明るく染めていた。

きらきらとうるさいほど星が煌めいているところで、互いに身体を密着させて過ごす。

こんなにも音のしない場所は初めてだ。森を渡る風しか聞こえない。

コンラッドはハルを抱き寄せ、くちづけしてきた。そのままハルの背に腕をまわす。

ここで暮らしていく。そしていつか子供を作って、年老いて……。

ゆりかごの中ですやすやと眠っている二人の子供の姿が見える気がした。

「ん……っ」

ハルはその背に腕をまわしていた。甘く優しい口づけに酔い痴れるように目を閉じて。

しかし幸せはその夜で終わってしまった。

6　四年後

あれからどのくらいが過ぎただろう。

コンラッドが用意した家で星とオーロラを見て過ごしたときから。

もう四年が過ぎてしまった。


コンラッドとは、この地で初めて過ごしたオーロラの夜、あれが最後になってしまった。

翌日、彼の母親から連絡がきて、ヘルシンキにくるようにと呼び出されたのだ。

『父が亡くなった。今から行かなければ』

入院先でおとーさんが亡くなったらしい。

『おとーさんが？』

おとーさんは、ハルの義理の父親でもある。事故で重態になってからは一度も会っていないが、亡くなってしまったなんて。

『おとーさん、もういないのですか？』

こみあげてくる哀しさ。おにーさんのときは感じなかったのに、おとーさんのときはどうしようもなく胸が痛んだ。

それは感情というものが豊かになったせいだろう。

コンラッドとの出会いから、自分の内側がどんどん変化しているのはわかっていた。喜びや哀しみといったものがこんなにもはっきりと心を左右するものだとこれまでのハルは知りもしなかったのだが、今は違う。だからこんなにも胸が痛むのだ。

『ハル……すまないが、きみを連れて行くことはできない。ここにいるハルが、施設にいたハルだと知られるわけにはいかないんだ、だから……』

おとーさんにお別れが言えないということなのだろう。おとーさんともう会えないという悲しみよりも、とても申しわけなさそうな、苦しそうなコンラッドの表情を見ているほうがハルは心が痛む気がした。

それにコンラッドは実の父親を亡くしたのだ。ハルよりも心が痛いに違いない。

『ハルくんの分もお別れしてきてください』

そう口にすることが一番いい気がして、ハルは淡くほほえみかけた。

『ありがとう、そうするよ。ハルはここで待っていてくれるか』

『はい』

『必要なものはそろっているが、当座の生活費をここに置いておく。この先にいる老姉妹とその甥《おい》夫婦にハルのことを頼んでおくから、わからないことがあれば何でも訊《き》くように』

『そのひとたちは、コンラッドさんのお友達ですか?』

『そうだな、これから俺やハルの友達になるひとたちだよ。老姉妹は助産師でもあり介護士でもある』

『それって、看護師さん以外の、お医者さんの助手のような感じですか?』

『そうだな。彼女たちはこのあたりの住民の出産や介護を手伝っているんだ。俺がここに診療所をひらいたら、細々とした仕事も手伝ってもらうことになる』

『わかりました。ハルくんも仲良くします』

ハルが笑顔で言うと、コンラッドは目を細めて微笑した。

『できるだけ早く戻ってくる。それから、ここにハル専用の携帯電話を置いておく。これに俺のナンバーが登録してある。急なときはこれを使って連絡を。使い方は……』

コンラッドは小さなスマートフォンをとりだし、メールと電話の使い方を教えてくれた。

『電波が悪いので使えないときもあるだろう。居場所がわからないよう、プリペイド式になっている。だからある一定の期間しか使えない。それが使えなくなるまでには戻ってくるようにする』

一定の期間というのがどういうことを指すのかわからなかったけれど、とにかく彼がいない間にどうしても連絡がとりたくなったときはこれを使えばいいのだ。

『約束する、これが使えなくなる前に戻ってくる。心細いかもしれないが、ここで待っていてくれ。どこにも行かず。老姉妹やサーミの人たち以外とは接しないように。この前、渡した身分証が新しいきみだから。なにがあっても、あの医療研究施設にいたオメガだと口にしないように。ここにいる人たちにも』

『わかりました』

『俺とのことも誰かになにを訊かれても口にしちゃいけない。公表できるときまで絶対に。しかるべきときまで』

せっぱ詰まった様子の彼の祈るような言葉に、ハルは笑顔でうなずいた。

『ハルくん、約束します。コンラッドさんのことは、コンラッドさんがいいと言うまで誰になにを訊かれても知らないと言います。コンラッドさんのつがいだということも言いません。それまでハルくんは、おにーさんが用意したサーミ人のハルくんになります。ハルくんはオメガの施設のことも誰にも言いません』

『そう、約束だ。俺がいない間、絶対にそれだけは守ってくれ。そうだ、本を買ってくる。あの本の続きを。クリスマスのプレゼントに』

包みこむような彼の、その眼差し。

その日、スノーモービルで街へむかう彼を見送った。

それが彼を見た最後になった。

一週間経《た》っても二週間経っても、コンラッドが帰ってくることはなかった。

何度も携帯電話に電話をかけてみた。簡単なメールも送ってみた。けれど返事はなく、一カ月が過ぎたころに、携帯電話が使えなくなってしまった。

コンラッドさんに何かあったのだろうか。

不安で不安でどうしようもなかったが、近所の老姉妹が親切にしてくれたので心細くはなかった。ハルがお菓子を作って持っていくようになると、彼女たちはこの地域に伝わる衣装の織り方を教えてくれるようになり、トナカイの世話の仕方も教えてくれるようになった。

そんなとき、ハルは自分の身体に新しい命が宿っていることに気づいたのだ。

ユッカ——コンラッドとの子供だった。


「——ハルくん、ついにここを出ていくんだね。もうあれから四年も過ぎたんだね」

冬の終わり、ユッカを連れて老姉妹のところに挨拶に行くと、彼女たちはとても淋しそうに言った。

「はい、皆さんのおかげで今日までユッカと二人、幸せに暮らすことができました」

あっという間の四年だった。

　コンラッドと出会って、恋をして、そしてここにきて、ユッカが誕生して。

「ユッカのパパのところに行くのかい？」

「え、ええ」

「そうか、それが一番だね」

「いろんなことがうまくいったらミッドサマーのときに戻ってきます。おいしい林檎のケーキを作って」

　ミッドサマーとは、夏至のことだ。一年でフィンランドが一番明るい日で、一番幸せな日とも言われている。

「わかった、じゃあ、楽しみに待っているね」

「はい、それまで身体に気をつけてお元気でいてくださいね」

「ユッカ、元気でね」

「うん、おばあちゃんたちも元気でね。ユッカ、いっぱい勉強して、いっぱい賢くなって、おばあちゃんたちにいっぱいお土産買って帰ってくるから」

　無邪気に笑う息子の顔を、ハルは切ない気持ちで見つめた。

　コンラッドのところに連れて行くべきなのかどうか――今もまだ悩んでいる。

　行ったからといって、なにができるのか、ハルにはわからない。

　けれどそろそろ幼児教育を受ける年齢になってきた。自分は学校もなにも知らない。だけど、ユッカには世界のことを伝えたい。コンラッドからいろんなことを教わったとき、世界がどんどん広がっていくのに喜びを感じた。

ユッカにはもっとたくさんのことを……。

四年前、コンラッドは、結局、ここに帰ってくることはできなかった。

あの医療研究施設での爆破事故に巻きこまれたからだった。職員の火の不始末が大事故を招いたとして大きなニュースになっていた。

テレビも新聞もネットもよくわかっていなかったハルは、最初、その事件のことはなにも知らなかった。

突然の嘔吐《おうと》とめまいを感じて老姉妹の家で倒れたあと、子供がいるかもしれないと告げられ、体調が落ち着くまでしばらく彼女たちの家でお世話になったことがある。

そのとき、たまたま古い新聞に載っていたトップニュースを見て初めて知ったのだ。

事故があったのは、コンラッドがヘルシンキにもどったその夜のことだ。

ヘルシンキの病院で亡くなったあと、おとーさんの葬儀は研究施設で行われた。その途中に爆破事故があり、医療研究施設は全焼し、多くの職員が亡くなったらしい。書類やデータも殆《ほとん》どが燃えてしまったとか。

そこでの死亡者リストのなかにコンラッドの名前があったのだ。

コンラッドさんが死んだなんて――。

知らなかったなんて。コンラッドが亡くなっていたのに知らないまま過ごしていたなんて。

あまりにショックで自分も死のうと決意をした。

けれどハルの身体にはユッカが宿っていた。

彼から受け継いだ命をつながなければ……という気持ちだけが、ハルを絶望から救ってくれたのだ。

コンラッドの命をつなぐためだけに生きなければ。どんなに辛《つら》くても生きないと。

コンラッドが診療所をひらくつもりだった赤い小屋で、一人で住む決意をしてハルは自給自足を始めた。

外壁を塗り、ハーブを育て、それから医療研究施設にいたときの、料理や菓子作りを生かして、それを売って生計を立てる方法を覚えた。

老姉妹の協力で、ユッカを無事に誕生させることもできた。

そしてユッカが誕生し、一年がすぎたころ、ハルは実はコンラッドが生きていたことを知った。新聞に記されていたニュースで知ったのだ。

死亡者に名前が載っていたが、実は間違いだったこと。故郷のスウェーデンの療養所に入所している、と。

（では、コンラッドは無事……事故に遭っただけ）

それだけで鼓動が激しく脈打ち、喜びに打ちふるえた。

ハルはすぐに療養所に連絡しようか迷った。けれどコンラッドとの約束があったのでやめた。

誰にも彼との関係を口にしてはいけない。

彼がいいと言うまで黙っている。その約束を守らなければ――と。

それから二年が過ぎた。

(今なら……昔、彼がどれほどの危険をおかして助けてくれたのか……よくわかる)

どうして自分はあの施設のことを口にしてはいけないのか。

どうして違う人間の身分証で生活しなければならなかったのか。

どうしてこんなところまでくることになってしまったのか。

どうしてどうしてどうして――と次々と疑問が湧くたび、彼が話していたことや行動に含まれていた「意味」に気づくことができたのだ。

自分がどういう存在だったのか。

林檎の木のある場所でハルが穏やかに静かに暮らせるよう、彼が命がけで守ってくれていた事実――あのときはわからなかったけれど、新聞をもとに村の図書館のパソコンを使っていろんなことを調べ、これまでのことを理解していった。

(だから……今ならわかる。医療研究施設の爆破事故……。職員の火の不始末だとされているけれど……あれは、資料が流出するのを恐れた何者かが仕組んだものだというのも)

事故のとき、関係者の多くが亡くなり、施設について証言することができなくなって捜査も中途半端に終わってしまったようだ。

あるいは、どこかから手がまわったのかもしれない。

その後、あの施設での研究の一部をどこかの医療機関が受け継ぎ、それがきっかけで世界は大きく変わってしまったらしい。

オメガを相手にした研究成果をもとに薬が開発され、アルファの女性も以前よりも高確率で妊娠・出産できるようになったのだ。

それもあり、オメガはこれまでのように管理されなくなった。存在が必要なくなってしまったのだ。

その代わり、あの医療研究施設にいた生き残りのオメガは負の遺産として、政府の管理下に置かれている。

子供がいる場合は引き離されて、社会復帰プログラムという教育を受けているとか。

そこまでは調べることができたが、最終的に、今、どうなっているのかわからない。

ただサーミ人の身分証があれば、医療研究施設のオメガとは関係ないとして政府の管理下に置かれることはなかった。

コンラッドが法を犯してまでそんなことをしてくれていたおかげで、今現在、ハルはユッカと引き離されずに済んでいる。

けれどいつか事実が発覚するかもしれない。ユッカも教育を受ける年齢になった。そうなればいろんなところに登録され、アルファとして細かなデータも管理されるようになるだろう。そうなったら親として、ハルのことも調べられてしまう。あの施設にいて、行方不明になっているのが自分だとわかると——ユッカとは引き離されるだろう。

その前にユッカを彼の世界に届けたい。そんな思いから、ハルは彼のいるストックホルムへとむかったのだ。

そしてコンラッドの母親が経営している病院付属の療養所の下働きの面接を受けることになった。

「フィンランドの北部の少数民族出身のオメガがどうしてストックホルムに？　あなた自身は学歴はなにもないのね」

面接のとき、不思議そうに問いかけられた。

「子供の教育のためです。ペーテル・エクベリさんの本を読んで、教育の大切さを実感したので。この国の人がくれた本の作者です」

そう答えたこともあって採用された。

あの医療研究施設出身のオメガではない——ということになっているがゆえに、ハルに与えられている自由。

だがそれを貫き通すために、コンラッドとの関わりは公表できない。一緒に逃亡したのがハルだというのは秘密だから。

それにコンラッドがどうしているのか、それがわかるまではどうしていいか不安だったのだ。

もしかすると、自分は捨てられたのかもしれない。そんなふうにも思った。

だが、療養所で働いているうちに、コンラッドが事故で記憶と視覚を失ってしまったことを知った。

(記憶がない……なんて)

では、ハルのこともすべて忘れてしまったのか。

ユッカの存在を伝えるのは無理だ。

遺伝子を調べればコンラッドの子供だとわかるけれど、そのためにはハルのデータも必要となり、ハルがあの施設にいた人間だと告白しなければならない。

まだ結婚式もあげていない。

今、ユッカはハルの非嫡出子ということになっている。

コンラッドの記憶が戻るのを待つしかないのか。これからどうしたものか。

ただ少しでもユッカのために、ハルはコンラッドのいる療養所で働き続ける最大限の努力をしようと思った。

ここに彼がいるだけでいい。彼のそばにいるだけでも幸せだ。たとえ思い出してもらえなくてもいい。それどころか会えなくても、彼が生きてここにいるだけで。

（そう、自分のことはいい。ただユッカのために……）

実の息子だ。ユッカにもコンラッドがパパだと教えたい。

けれどそうしていいのかどうかがハルにはわからない。

特定の伴侶がいないまま、父親のわからない子供を作ったオメガに対し、世間はとても冷たい。その子供に対しても。

サーミ人たちの住むラップランドの森で暮らしていたときは良かったけれど、スウェーデンのストックホルムまでくると、そんなわけにはいかない。

職員用の狭い部屋ではあるけれど、それでも託児所があるのでユッカを預けながら働けるので助かる。

サーミ人の老姉妹のすすめで、介護士の勉強をして資格をとっておいたのもよかった。

ユッカはアルファなので、初等教育の年齢になったときに、しかるべき学校に入学できれば、その学力に見合ったアルファの養子として育ててもらうことが可能だ。

それまで、あと少し。

コンラッドが記憶をとりもどしてユッカを自身の子供として育ててくれるか。

あるいは、このまま養子に送りだすか。

学歴もなく、偽造パスポートを使って不法に他国で働いている自分。いつそれがバレて引き離されるかわからない。それまでにできることをしておきたい。

なによりユッカのために、最善のことを。


「――ハルくんハルくん、今日、林檎のケーキ作ってね」

フィンランドから隣国のスウェーデンに移住し、コンラッドの母親が運営している療養所で働くようになって一カ月、しばらくしてイースターが近づいてきた。

仕事が休みの日、ユッカにケーキを作る約束をしていたので、彼が託児所にいる間、附属教会の小さな厨房を借りてケーキを作らせてもらうことにした。

「午後のミサのとき、みんなに分けられるよう、多めに作ってくれ」

牧師にそう言われていた。

買ってきた林檎にナイフを入れ、瑞々《みずみず》しい香りを感じながら小さくカットしていく。

オーブンに入れ、焼きあがるのを待つ間、ハルは教会の聖堂で本を読むことにした。

スウェーデンは、フィンランド同様に福音ルーテル派のプロテスタントの教会が主流なので、石造りのシンプルな聖堂に、木製の十字架が掲げられただけの聖堂が多い。

ここもそうだ。オルガンと説教台、それから花が飾られているだけで絵画や彫刻はない。

なにもないがらんどうの教会の、水をうったような静けさ。

今日は土曜日だ。

午前中、みんな、真面目に働いているせいか、教会の周りは人気《ひとけ》がまるでなく、シンと静まりかえっている。

ストックホルムにきて、毎日、働いて、ユッカと過ごして……淋しいと思うことは少なかったけれど、こんなふうにしているとふっと孤独感をおぼえるときがある。

同じ敷地のどこかにコンラッドはいる。けれど会うこともできない。訪ねることもできない。

でもユッカのことは伝えたい。

行き場のない気持ちだけがループしている。

せめて会うことはできませんか？　せめてユッカに会わせるだけでも。

ハルは祈るような気持ちで祭壇の十字架を見あげた。

この療養所のどこにコンラッドがいるのかわからないけれど、こうして近くにいるのなら顔だけでも……。

ゆらゆらと揺れる蠟燭《ろうそく》の光に照らされた祭壇の花は、カーネーションも薔薇もオーロラのように見え、涙がこみあげてくる。

ロミオとジュリエットの物語のように、短い間の激しい恋だった。敵同士ではなかったけれど、許されない恋ではあった。

若さゆえの愚かさはなかったと思うけれど、パリス伯爵と結婚させられそうになっていたジユリエットのように、あのままあそこにいたら、ハルはロシアの富豪のつがいにされるか、あるいは捜査対象のオメガとして自由な行動を制限させられていただろう。

それを助けてくれたのがコンラッドだ。自由に、楽しく、静かに暮らせるように、と。それだけではなく、愛もくれた。愛の証《あかし》の子供も……。

（なのに……ユッカのことを伝えられないなんて。お礼を言うこともできないなんて）

考えただけで胸が痛み、涙が止まらなくなってしまう。

会いたい。本当はとっても会いたい。同じ場所にいるだけでいいなんて、自分への言い訳だ。そうでも思わないと哀しすぎるから。ユッカのことを知らせるだけでもいい。それも綺麗ごとだ。

本当は会って抱きしめて欲しい。昔のように優しい眼差しで見つめられたい。いろんなことを教えて欲しい。

そして伝えたい。

――あなたの子供ですよ、あなたがハルくんに生きる希望を与えてくれたんですよ、この子がいたからがんばれたんですよ。でも、もうひとりでこの子を育てるのは淋しいんです。あなたにこの子を抱いて欲しいんです。一緒に抱きしめて欲しいんです。

そんな思いがこみあげてきて、胸が裂かれそうになる。

「神さま……助けて……」

気がつけば絞りだすような声でそう祈っていた。

そのとき、ギィィと聖堂の扉がひらく音がした。ふりむくと、外からの風がさっと入りこんできて、誰かがそこに立っていた。

「……っ」

逆光になっているのでよく見えない。けれど扉に手をかけ、そこに長身の男性がもたれかかっているのがわかった。

その細長い影が教会の床に伸びている。

なぜか背筋がぞくっとして、立ちあがって目を細めて確かめる。そのすらりとしたシルエットを見たとたん、ハルの手から本が落ちていった。

淡い春の太陽の光が横から明るく照らしているその男性は……。

「……っ」

心臓が停まるかと思った。息をするのも忘れ、ハルは硬直したまま、じっとその男性の姿を確かめた。

コンラッドさん……？

彼は目を閉じたまま、扉を手でさぐるようにして聖堂のなかに入ってこようとしていた。ゆるい感じの白いシャツに白いズボン。それにスニーカー。髪も前髪が少し長くなって、以前よりも若く見えた。だが確かにコンラッドだった。

「あ……あの」

どうしよう。足ががくがくと震え、さっきまでとは別の涙があふれてくる。ハルは祈禱《きとう》席の間に立ったまま、まなじりから大粒の涙を流して彼の姿をじっと見つめた。

「そこに……誰かいるのか」

コンラッドの声。それだけでどっとこみあげてくるもので胸が苦しくなる。

コンラッドが静かに目を開けて教会を見まわす。けれどその瞳はなにも宿していないようだ。どこにも焦点が定められていない。

しかもまだ歩くのも不自由なのか、片方の手に杖《つえ》を持っている。

あれから四年以上たっているのに。事故でずっと動けないままで、最近、ようやく起きあがれるようになったという話だけど。

(ああ……こんなことになっていたなんて)

切なさ、愛しさ、なつかしさと同時に、やるせなさとどうしようもない哀しみがこみあげてきて涙が止まらない。ステンドグラスから漏れる虹色の陽射《ひざ》しがコンラッドの姿を静かに浮かびあがらせていた。

「あの……」

「甘い香りがする。とてもいい匂いがする」

「あ、あの……林檎のケーキを焼いているんです。あ……ぼくは……病院の食堂で働いている下働きのハルといいます……フィンランドから来ていて」

　涙を手で拭い、ハルはできるだけしっかりとした口調で言った。

　自分のことを「ハルくん」と呼ばないほうがいい、と面接のとき、ここの院長に言われてから気をつけるようにしていた。

「ハル……？」

　なにか思い出してくれるだろうか。それとも。

　淡い期待を抱いたが、コンラッドは小首をかしげた姿勢で扉に身体を預けるようにしてもたれかかり、うさんくさそうに呟《つぶや》いた。

「新しい使用人か。知らない名前だ」

「は、はい。初めまして。どうぞよろしくお願いします」

　初めまして。自分で口にして、自分で哀しくなった。

「初めてであろうとどうでもいい、どうせ見えないのだから」

　低く、わずかにかすれた声。感情の消えたような口調の、その静けさに胸が痛む。

　もう彼はハルのことは覚えていない。それがはっきりとわかって涙が止まってしまった。目の前が真っ暗になったような気分だった。

　それでも彼がそこにいるだけで、よかった、会えた、嬉しいという思いと同時に、胸の奥からたまらない愛しさが迫《せ》りあがってくる。狂おしい熱風のような感情の塊のようなものが。

「あ……」

言ってみようか。記憶を失う前、自分たちは愛しあっていたと。二人の間に可愛《かわい》い子供がいることを。

「あの……コンラッドさん……」

名前を口にするだけで心臓が爆発しそうだ。

「え……」

「あ……あの……実は……」

声が震える。足が立っていられないほどがくがくしている。それでももっとしっかり話しかけなければと思ったそのとき——。

「コンラッドさん、よかった、ここにいたのですか」

優しそうな若い女性の声に、ハルはハッとした。

「ダメじゃないですか、目が見えないのに、スタッフから離れたりしたら」

現れたのは、白衣を着たほっそりとした赤毛の美女だった。雑誌やテレビに出てくるタレントのように華やかな雰囲気だ。

「きみか」

「さあ、車椅子にどうぞ」

彼女は慣れた様子でコンラッドを誘導し、車椅子に座らせた。

「マーヤ、コンラッドはそこなの？」

奥から現れたのは、この療養所の所長――コンラッドの母親だった。

「カミラ先生、はい、コンラッドさんならここに」

コンラッドのお母さんは、カミラという名前らしい。

「コンラッド、どうしたの、あれだけ外を嫌がっていたのに。教会にきたかったの？」

「ここは……教会なのか？」

「そうよ、気づかなかったの？」

「ああ」

彼らはハルのことを気にするふうでもなく、教会に背をむけてその前にある庭園を進んでいった。一瞬だけ、ちらりと車椅子に座っていたコンラッドがふりむく。

教会の入り口まで進み、ハルは彼らの後ろ姿を追った。

（会えた……ほんの少しだけど会えた。それに言葉も……）

だけど彼はハルのことを覚えていなかった。その瞳にハルを宿すこともなかった。

7　林檎の記憶

「今日はユッカの大好きな林檎のケーキを食べようね」

午後、久しぶりにユッカとゆっくり過ごせる時間が持てた。

林檎のケーキをたくさん作り、牧師に渡すと、とても喜んでくれた。昔、コンラッドが大好きだと言ってくれたものと同じようにルバーブのシロップをかけ、生クリームを用意して。きっとみんな喜んでくれるだろう。

午後のミサに参加しないかと誘われたが、ユッカと一緒に過ごしたかったので断った。

フィンランドの森で暮らしたせいだろうか、キリスト教の神さまよりもっと自然の、原始的なものに惹かれる。

「ねえねえ、来週、イースターの本番だよね。今年もヴィルヴォン・ヴァルヴォンして遊べるかな?」

ユッカがニコニコして問いかけてくる。

「え……」

「今年はイースターのアーモンドクリームパン、どこに行けばもらえるの？」

「ユッカ……」

そうだ、ユッカと暮らしていた森では毎年のようにしていた。

ハルの育った研究施設ではそんな行事は一切なかったが、あの森ではイースターの季節になると、子供たちは魔女の格好をして、ネコヤナギの枝を持って家々をまわり、お菓子をもらうのだ。

合言葉は「ヴィルヴォン・ヴァルヴォン」……魔法をかけるよという意味。春の訪れを祝う幸福の呪文だ。

「ここは……フィンランドじゃないから……ヴィルヴォン・ヴァルヴォンはやらないんだ」

「えーっ、つまんない」

ユッカがガッカリしたように口を尖《とが》らせる。

「ヴィルヴォン・ヴァルヴォン……またやりたいなあ」

「そうだね、二人でやろうか」

「パンも食べられる？」

「うん、ハルくんがユッカに作ってあげる」

「本当？」

「うん」

「わーい、ハルくんのアーモンドクリームパン、とってもおいしいから大好きなんだ。この林檎のケーキもとってもおいしいね」

にこにこと笑って林檎のケーキを食べるユッカをハルは切ない気持ちで見つめた。

アーモンドクリームパン——正式な名前はラスキアイスプッラ。ブリオッシュの間に、アーモンドクリームと生クリームを挟んで食べるのだが、ユッカの大好物だ。

来週のイースターは、フィンランドの森で老姉妹が教えてくれたように、たくさんの花を飾って、たくさんのお菓子を用意しよう。

ヴィルヴォン・ヴァルヴォンの行事は、本当は女の子だけが魔女の格好をするらしいのだが、あの森にはユッカしか子供がいなかったので、ユッカとハルとが魔女の格好をして二人でいろんな家を訪ねたのだ。

「ねえねえ、ハルくん、いつ森に帰るの?」

「ユッカ……森に帰りたいの?」

「うん」

林檎のケーキを食べ終えたユッカのほおに、ルバーブのシロップがくっついている。ハルはハンカチでそれを拭った。

「ユッカは……世界のこと、知りたくないの?」

「知りたいけど……森にいたらお勉強できないの?　森のおばあちゃんたちみたいにあそこで

暮らしたいな」

　ユッカはパクパクとお菓子を食べながら、ちらりとハルを見あげた。

「……ユッカは大人になったらなにになりたいの？」

「ユッカはハルくんのお店を手伝う」

「ユッカ……」

「ハルくんのケーキもパンもとろとろのシチューも大好き。だから昔みたいに森でたくさんおいしいものを作って、家の周りにいるいろんなおばあちゃんやおじいちゃんに届けたい。ハルくんのおいしいお店を手伝いたい」

「でも、もったいないよ。ユッカはアルファでとっても賢いんだから、もっと違うこともできるよ」

「託児所の先生もそう言うよ。お医者さん、宇宙飛行士、学校の先生、政治家、小説家、映画監督、歌手、スポーツ選手……いろんなお仕事があることを知ったよ。託児所でね、いろんなお仕事のお話を聞きながら、少しだけみんなでやってみたんだよ。アクセルくんはスキー選手、ミカルくんはロック歌手になりたいって」

「ユッカは？　ユッカはなにか興味があることはないの？」

「みんな、おもしろかったよ。知らないことを知るの、好きだよ。でもね……ユッカはハルくんといろんなことをしているのが一番好き。トナカイさんにご飯をあげたり、ふわふわした苔に転がって本を読んだり、雪の森でオーロラを見ているほうが好きなんだ」

「ハルくんも好きだよ」

「だから戻りたいの。森で暮らしたい」

「ユッカ……」

動物たちの声、森の声。いろんなものの魂を身近に感じていた。スウェーデンも森や湖はある。このストックホルムの郊外も海辺に近く、緑地も多い。けれど観光客に人気の旧市街以外は、近代的なビルが建ち並び、路面電車や車がせわしく街中を駆け抜けている。ユッカが知っているラップランドとはまるで違う。

「じゃあさ……夏至祭……ミッドサマーのお祭のとき、森に帰る？」

ハルは思い切って訊いてみた。本当はユッカをコンラッド側の世界に送り、自分だけで帰るつもりでいたけれど。

「本当に？　ユッカ、お祭のときに帰りたいなあ」

「うん、じゃあ、お休みをとって帰ろう」

「わあい、わあい。ユッカ、それまでお勉強がんばるね」

本当にうれしそうにしているユッカを見ていると、ここにきてよかったのか——迷いが芽生え始める。

ユッカに世界のことを知って欲しかった。父親のそばにと思っていた。できれば父親のいるアルファたちの世界に……と。

　けれどそれがユッカにとっての幸せだろうか。もしかすると違うのかもしれない。ユッカにとっての幸せとは……。


「……あなた……この前、教会の厨房で林檎のケーキを作っていたわね」

　翌日、いつものように食堂の厨房で働いていると、人のいない時間帯にコンラッドの母親が現れ、声をかけてきた。

「はい」

　短めのプラチナブロンド、フレームレスのメガネ、白衣……すらりとした長身の理知的な雰囲気の女性だ。お母さんのカミラはコンラッドとはあまり似ていない。どちらかというとおにーさんのヨーランと似ている。そう思った。

「介護の勉強もしたことがあるって聞いたけど」

「あ、はい、ちょっとだけ」

「そう、それなら面接を受けてみない？」

「……面接……ですか？」

「合格したら、これまでの三倍の給料を払うわ。息子さんがいい学校に入れるよう、教育にも協力します」

そんなにいい条件があっていいのだろうか。

「……あの……どなたの介護ですか？」

「奥の病棟で療養している患者がいるのだけど、介護ができる人間を探していて。コンラッドという私の息子だけど、少し特殊な事情があって」

「コンラッドさんの？」

驚きのあまり、変な声で問いかけてしまった。

「ああ、昨日、教会で会ったのね」

「え、ええ」

声が震えてしまう。緊張でまた足ががくがくとした。コンラッドの介護ができるかもしれないなんて。

「あなたもフィンランドにいたのなら、知っているかもしれないけど……ヘルシンキにあったオメガ専用の医療研究施設の爆破事故……」

「え、ええ、新聞で」

「あの事故で記憶と視覚を失って……何度か手術をしてようやく歩行できるまでに復活したのだけど……まだリハビリ中で。以前はあれでも将来有望の医師だったの。ベルリン医科大学からスカウトもされていたのに、断って、無医村の地に診療所をひらくつもりでいたみたいだけど、それも白紙に。今はただ気難しいだけの患者になってしまって。なかなか介護を続けられるひとがいなくて……困っていたの」

そんな状態になっていたなんて。

ハルは絶句した。まなじりが震え、自然と涙が流れ落ちていく。

今もはっきりと記憶している。コンラッドの体温、彼がくれたぬくもり。そして愛。おとーさんの葬儀からもどってきたら結婚しようと言っていた。

あの最後に見たコンラッドの背中もはっきりと記憶している。雪をまとったモミの木に囲まれた道をスノーモービルに乗って去っていく姿。もしそのあと事故にまきこまれるのがわかっていたのなら、何としても引き止めただろう。手放さなかっただろう。

彼は生きているけれど、ハルはもう彼を喪ったのだ。今の彼は昔の彼とはもう違うのだ。はっきりとそれがわかり、このまま死んでしまいたい気持ちになった。

「お願い、私たちを助けてくれない？」

カミラが祈るような声で尋ねてくる。

「待ってください、助けてって。そんなこと……どうやって」

「昨日、あのあと牧師から、午後のミサのとき、あなたが作った林檎のケーキを分けてもらったんだけど、これまでスイーツを一度も食べたことのなかったコンラッドがめずらしく口にしたの。その味と香りが好きだと言って。教会に行ったのもその香りに惹かれたからだらしくて」

ケーキの味……覚えていてくれたのだろうか。それだけで涙がこぼれそうになり、ハルはうつむいて嗚咽《おえつ》をこらえた。

「事故以来、コンラッドがなにかに興味を持ったのは初めてなの。あれからなにかに目覚めたみたいに、少しだけ治療に対する意欲を示すようになったの。甘い香りでも林檎の味でも何でもいいから、彼の内側を刺激してくれるものが必要だと気づいたわ。そうすれば記憶だってもどるかもしれないし、リハビリにだって励んでくれるかもしれない」

記憶が？　林檎の甘い香りがそのきっかけに？

林檎は二人の大切な思い出。出会ったときの――そして約束の未来のキーワードだ。林檎の森で、静かにおだやかに暮らす。幸せになる。子供を育てる。

(彼が……林檎に反応してくれた……林檎の香りに)

彼の本能が記憶しているのだ。忘れたわけではない。そう思ったとたん、やりきれなさや悔しさ、哀しさといった感情を覆うように、ハルの一番純粋なコンラッドへの気持ちだけが胸のなかで大きくなっていく。今も変わらない気持ち。彼への愛。これだけが自分にとっての真実だ。それならば、このために生きよう。

ハルは顔をあげ、カミラにほほえみかけた。

「わかりました、受けます」

「ではこちらに。この病棟の一番奥にコンラッドの部屋があるわ。まずは彼の面接を受けて。気に入ってくれるといいんだけど」

緊張した気持ちのまま、ハルは記憶を失ったコンラッドの面接を受けた。部屋に案内され、中に入ると、車椅子に座ったコンラッドの姿があった。

北欧風のシンプルな、日当たりのいい部屋。病室というよりは、モダンなマンションの一室のようだった。ベッド、キッチン、ユニットバス、テラス。それからリハビリ用のバーやマット。ここで全てができるようになっていた。

（コンラッド……）

今は、一人では歩くことも大変で、目も見えず、記憶もないというけれど、ハルにはその気持ちはわからない。どんなに心細くてどんなに不安な状態だろう。

「甘い香りがする。……昨日、教会で会ったハルという職員だな？」

「は、はい。シングルで子育てをしているオメガで、調理と介護の仕事ができます。それ以外に掃除も洗濯もアイロンも得意です。雪かきも。ハーブを育てるのも。林檎の木の世話もできます」

ハルは震える声で自己紹介した。気づいてくれるだろうか。なにか思い出してくれるだろうか……そんな祈りもあった。

「……子連れのオメガか。子供の父親は？」

窓際に座ったコンラッドが問いかけてきた。その傍《そば》には、昨日、教会にいたマーヤという女性がいた。彼のリハビリ医らしい。

「……いません」

「どうして？　つがいでなければ子供など生まれないのに」

そうだ、確かに。ハルは勇気を出して口にした。きちんと答えなければ彼の介護係として採用されない気がしたからだ。

「離れ離れになってしまいました。深く愛していたのですが」

「離れ離れ？」

「ええ、事故に巻きまれて。それからは会っていません」

「……死んだのか？」

「わかりません。事情があって自分から探すことはできません。育てているのは、ただ一人、愛した相手との間の子供です。心の底から彼を愛していました。滅びてもいい、破滅してもいいと思うほどの命がけの思いで」

「恥ずかしげもなく……よくそんなこと。捨てられたかもしれないのに」

彼がふっと鼻先で嗤《わら》う。「コンラッド……やめなさい」とカミラが注意するが、彼は無視するかのように言葉を続けた。

「じゃあ、教えてくれるか、滅びてもいいと思うほどの命がけの気持ちを」

「どうやって？　あなたの介護のなかでですか？」

「……いや……言ってみただけだ」

「いいですよ、教えて欲しいと思われるのでしたら、いくらでも」

ハルがきっぱりと答えると、マーヤとカミラが驚いた顔でこちらを見つめる。本気なの？　という彼女たちの視線よりも先にコンラッドが眉をひそめて尋ねてきた。

「本気か？」

「ええ。どんなことがあってもこの仕事をまっとうしようという覚悟をして、面接にきましたから。命がけで介護します」

「どうやって」

「わかりません。でも自分にできる最大限のことをするつもりです。命がけの介護がどのようなものかまだわからないので、これからその方法を探します」

「子供はどうする、命がけで介護なんかして」

「子供も命がけで育てています」

「一つしかないのに？　きみの命は……」

「はい、どちらにも同じくらいの気持ちで尽くしたいです」

「子供と俺を？　バカな、俺は他人だぞ」

「それでもそのくらいの覚悟をしています」

愛しています、だから何でもできます。あなたと子供と同じだけ愛しています。子供の父親のあなたと、ふたりの間の子供と。そう伝えたい。すべてを伝えたい。そんな衝動に胸がいっぱいになる。けれど彼はそのことを覚えていないのだ。変なことを言うやつだと思って追いだされたら、ユッカと対面させることすらかなわなくなる。

ここには身内以外のマーヤさんもいるし、なにより今は仕事の面接にきているのだから。そう、まずは彼を介護する仕事について、精一杯尽くすことを考えなければ。

「これまではフィンランドにいたそうだが、どうしてスウェーデンに？」

「子供の教育のためです。ペーテル・エクベリという人の本を読んで」

あなたがくれた本です。二冊目をクリスマスプレゼントにしてもらう約束があるので、まだ一冊しか読んでいません。でも一つ、心のなかで言っていいですか？　あなたが最初にくれた本のほうがシリーズの二冊目でした。あなたは、ハルくんに一冊目をプレゼントしないといけないんですよ。そう約束したんですよ。

心のなかで彼に語りかける。もちろん届かないのはわかっているけれど、そうすることで自分の気持ちを整理したかったのだ。愛する人と会えた喜び、愛する人が傷だらけになっている哀しさ、そして忘れられてしまったやりきれなさ、を。

「わかった。では、きみに頼むことにしよう。そして見つかったら教えてくれ、命がけの介護とやらの答えを――」

その日から、ハルはコンラッドの介護係になった。彼の望みで、入浴、部屋の掃除、食事の世話もすべて任されることになったのだ。

「入浴の補助をしてくれ」

最初の仕事は入浴の手伝いだった。

コンラッドの部屋はとても広く、寝室に専用のバスルームがついている。

ハルとユッカの部屋よりも広い浴室はすべて真っ白な大理石だ。ひとが三人くらい入れそうな広々としたバスタブに湯をはったあと、車椅子に座ったコンラッドを連れていく。

「歩くことはできないのですか?」

「歩けなくはないが……まだ慣れていない」

「そうですか。では歩くリハビリもいずれお手伝いしますね」

怪我《けが》のことはくわしくわからないけれど、起きあがることすら絶望的な状態だったとか。足は両方とも複雑骨折し、何度も手術をして、最近ようやく歩ける状態まで戻ったということを聞いた。

「介護も調理もできるなんて……オメガなのにめずらしいな」

「オメガでも自立して働きたいとずっと考えていたので」

「まあ、それも大事だ。アルファの子を産むためだけの存在のようにされてきたが…オメガにも人権はある」

「そう思いますか？」

「ああ」

当然のようにうなずく彼の言葉がうれしかった。記憶を失う前も彼はそういう考えだった。変わらないことを発見すると切なさで胸が痛むけれど、それ以上にここにいる彼も自分の愛するひとなのだと実感できて愛しさがよみがえってくる。

バスタブに横たわった傷だらけのコンラッドの身体。あちこちに手術のあとがあり、彼の事故の凄惨さを物語っていた。

「お湯の加減は？」

「ちょうどいい」

「よかった」

「この時間帯、子供は？」

「託児所に。ここの病院の一角にあるんです、専用のところが」

「幾つだ？」

「三歳です。でもアルファなので四歳くらいに見えます」

言いながら彼の髪を洗おうとしたそのとき、手首を捕まえられる。

「どうしてこんな甘い匂いがする、最初、教会に行ったときもそうだ。この香りにどうしようもなく惹かれてしまう」

「え……っ」

抑制剤は飲んでいるはずだが。万が一にも、彼の前で発情期がこないようにと。

「俺が惹かれるのは……林檎の匂いか、それともきみの香りか？」

心臓が跳ねあがりそうになった。抑制剤を飲んでいても、記憶をなくしていても彼にはわかるのだろうか。ハルが彼のつがいだと本能で察知しているのか。それとも本能ではなく、魂の奥深くで？

「発情期なのか？」

「いえ……薬を飲んでいるのでそれはないです」

「相手とはつがいの契約は解消しているのか？」

つがいの契約は、同じ場所をもう一度嚙まれることで解消するらしい。くわしいことはわからないけれど、ハルはごまかすように言葉をにごした。

「え…ええまあ……すみません……もう会うことはないので……その話は……」

「わかった、その話はやめよう。愛した相手との別れた話は辛いだけだ。ただうらやましいと思ったのだ、そこまで人を愛せることが」

「……」

少し驚いた。カミラの話では、気難しくて誰とも打ち解けないということなのに、とても優しくて思いやりのある言葉だ。それに声音もやわらかい。以前のコンラッドと変わらない気がして心が震えた。

「誰かを愛したい……そんなふうに思っているのですか？」

「……そうかもしれないな。きみの面接をするまでそんなこと考えもしなかったのに。不思議だ、今はうらやましいと思ってしまう、愛を知っているきみが」

「そんな……」

教えてくれたのはあなたですよ、と言ってしまいたい。だけど。

「ようやく心が回復してきたのかもしれないな。今までは感情があったことすら気づかなかったのに。破滅してもいい、命がけの愛……そのことをきみが口にしてから……急に感情が揺らめくようになった。なにも見えない、自分ではなにもできない状態なのに。感情だけが」

今はまだ言わないほうがいい、そう思った。

今のコンラッドは昔のハルだ。感情がわからなかった自分が彼によって少しずつ理解していったように。彼の心は光のある方向を見つけつつあるのだ。それを無理に誘導してはいけない。彼の心が受け入れられるようになるよう、少しずつ少しずつ。昔、彼がしてくれたように……。

「では、一緒にさがしましょう、あなたの感情が求めているものを。手伝わせてください」

「ありがとう。なぜかきみを前にすると素直な言葉が出てくる」

「それも回復の証拠かもしれませんね」

「そうだな」

淡く微笑する彼を見ていると、胸がせつなさにはり裂けそうになる。どうしよう、好きになってしまいそうだ。もともと大好きだけど、もっともっと好きになってしまいそうで怖い。記憶を失った彼も、昔の彼と同じように……やっぱり自分にとっては愛する相手なのだというのがはっきりとわかって胸が痛むのだ。


「……コンラッドさん、これからリハビリですよ」

入浴補助が終わると、リハビリが始まる。身体をあたため、ほぐすことでリハビリをしやすくするらしい。

「さあ、バーを使って」

マーヤという若いリハビリ医が指導を始める。毎日、午前中と午後に一時間ずつ動く訓練をすることになっているようだ。

彼がどのくらいの記憶を失っているのかはわからない。

彼が感じる世界は自分の感じている世界とは違うのだろうか。

彼に聞こえる音はどんな音だろう。

バーを手でつかみ、杖だけでもっと長く歩けるようにする訓練。

車椅子なら何とかなるが、松葉杖となるとまだうまく歩けないらしい。

「……」

コンラッドの表情は変わらない。辛いのか辛くないのかもわからない。

「あの、ハルさん、悪いんだけど、じっと見ていられると、私の気が少し散るから、あなたはランチの準備をして、あちらのスペースで待っていてくれる？」

マーヤに注意され、ハルはハッとした。そうだ、邪魔だった。ハルは部屋についたキッチンに行き、ランチの支度を始めた。

栄養を考えて、こういうものを作るようにとメニューは渡されている。

（ミートボールとコケモモのジャムとポテト……定番の北欧のランチだ）

そういえば、初めてハルが作ったケーキを食べたとき、つぶつぶした果肉やコンフィチュールの食感が好きだと話していた。瑞々しいと褒《ほ》めてくれた。

レシピにはとろとろのソースにするようにと書いてあったけれど、ハルは彼の好きな食感のはっきりと形が残るものを作ることにした。

食後のデザートは、アーモンドクリームパンにした。たくさん作ってユッカにも持って帰ろう。

そんなふうに考えて食事を作りながら、ふと戸口のむこうを見ると、リハビリをしているコンラッドの姿が見えた。

「しっかりしてくださいコンラッドさん、大丈夫ですから」

マーヤはすごく熱心だ。必死にコンラッドのリハビリをしている。

「大丈夫ですよ、あなたは歩けるようになります。それからまた医師として以前のように活躍できると思います」

「ありがとう。こんなどうしようもない人間にそんなふうに言ってくれるのはマーヤ先生だけだよ」

「先生はやめてください、マーヤでいいです」

「ですが」

「私、生徒だったので」

「え……」

「四年前、まだ医大生だったとき、コンラッド先生の授業、興味があってこっそり聴講していたんですよ」

「……俺の？」

「コンラッド先生の授業、大好きでした。ミラニューロンのお話も進化のお話もとてもおもしろかったです。わくわくしていました。すごく楽しみにしていたのに、すぐおやめになられてどれほど寂しかったか」

「……生徒に評判が悪かったと聞いたが」

「いえ、そんなことないですよ、とても魅力的な先生だったので、みんな大好きでした。私の初恋でもありましたから」

「……」

「あ、すみません、過ぎた話を。さあ、そろそろランチの時間ですよ」

マーヤは厨房にきて、メニュー通りのものがそろっているか確認を始めた。

「ダメじゃない、コケモモがジャムになってないじゃないの。ちゃんとメニュー通りに作ってとカミラ先生から頼まれたでしょう?」

「あ、すみません……コンフィチュールのほうがいいかと思って」

「それはあなたの勝手な判断でしょう?」

「え、ええ」

「困るわ」

マーヤが呆《あき》れたようにため息をつくと、後ろからコンラッドが声をかけてきた。

「ジャムでもコンフィチュールでもどっちでもいい。食べられれば同じだ」

「……わかりました。でも、ハルさん、これからは自分で勝手に判断しないでね。さあ、テーブルに並べてください」

「はい、申しわけありません」

ハルは食事をテーブルに並べ始めた。

「それから、お菓子の数が多いようだけど」

マーヤはテーブルに並んだアーモンドパンをいちべつし、小首をかしげた。

「これは……たくさん作って、皆さんに。それから息子にも」

「何ですって。ここにある食材はコンラッド先生の個人的なものなのに」

「すみません」

「いいから、マーヤさん、もう。このあとは彼に世話を頼むので。あなたはもう仕事にもどってください。また午後のリハビリをお願いします」

「はい……」

マーヤが出ていったあと、ハルはコンラッドの車椅子を押してテーブルの前につけた。

「危険なのでナイフは置いていませんが」

「ああ、ありがとう」

「先に飲み物を。あの、パンに挟んだほうが食べやすいと思うので、小さくカットして、全部、ミニサンドイッチにしたいのですが……いいですか？」

「かまわない、俺の許可はいらない。別にレシピ通りに作らなくても適当でいいから」

「わかりました」

一口ずつ食べられるよう、小さなサンドイッチにしてハルはコンラッドに手渡した。

「うまい、コケモモのつぶが気持ちよく弾ける」

やっぱり記憶を失っても味覚の好みは変わらないのだと思うとうれしくなった。

「ところで、マーヤというあの医師は美人か?」

「え、ええ」

どうしてそんなことを訊くのだろうか。

「みんなが……女優のエミリー・バルドーニのような超絶美女だと言うがどうだ?」

「……その女優さん、ハルくんは知りません。でもとても綺麗です。雪の女王さまができそうな感じです」

「なるほど。では……きみは俺をどう思う?」

「え……どうって」

「男として……魅力的だと思うか?」

「あの……」

「母が彼女との結婚をすすめてくる。彼女も初恋だと言う。だが、そんな超絶美女がどうして俺のような男の相手をする。角膜移植をしないかぎり盲目のままだ、この前まで寝たきりだったが、ようやく車椅子で生活できるようになった。記憶もあるのかないのか……自分でもよくわからない」

「曖昧なんですか?」

胸が高鳴る。もしかして、なにか思い出してくれるのではないだろうか、と。

「フィンランドにいたときの記憶がごっそり消えているが……医師としての記憶も確かなのかどうかはっきりわからない。視力が回復したところで、そんないい加減な状態の人間に人の命をあずかる資格などないだろう。要するに、このままだと俺はただ生きているだけのお荷物のような存在だ」

「どうしてそんなことを」

「本当のことだ」

「あなたが生きているだけでうれしい人もいるはずです。あなたを愛しているひとが」

その一人です——と思わず言いたくなった。

「俺を……か。きみはどうなんだ、愛した相手と別れたと言っていたが。あ、この話はやめたほうがいいか？」

「いえ、気にしないでください。訊きたいことはどんどん訊いてください」

そうすることで、あなたの心の状態がわかるから。あなたが知りたいこと、あなたが興味のあることがわかれば。そう、それが少しでも記憶を解く鍵になるかもしれないから。

「出会ってからどのくらいで、いつ、その男を好きだと思うようになった？」

「出会ってすぐです。多分、初めて会ったときから」

「アルファとオメガ……運命のつがいだから本能的に？」

「いえ、彼も言ってましたが、本能というよりも魂から愛おしいと思ったんです。彼はなにも知らなかったぼくに、この世界がどれほど素敵で、どれほど広くて美しいか教えてくれて……一緒にいるだけで楽しくて、幸せってどんなものか初めて知りました」

あなたですよ、教えてくれたのはあなたです。あなたが幸せをくれたんですよ。

「どんなものだった？　幸せとは……」

「そうですね。甘い林檎の香りを吸ったときのように、一緒にいるだけで心地よくて」

ハルの言葉に、ふっとコンラッドはおかしそうに鼻先で笑った。そして唇をひき結んでなにか考えこんだような表情をしたあと、さぐるように訊いてきた。

「どんな男だ？」

「……」

「言いたくないのか？」

「言っていいのかどうか……」

「言いたくないならそれでいい。では、かつて伴侶がいた人間の目から見て、俺はマーヤと結婚すべきだと思うか？」

「愛しているのですか？」

「いや」

「なら、どうして」

「愛したほうがいいと思うか？」

ハルは少し押し黙ったあと、小声で言った。

「わかりません」

「では……彼女が言うように俺は歩けるようになると思うか？」

「わかりません」

「俺の目は大丈夫だと思うか？」

「わかりません」

「また医師として……働けると思うか？」

「わかりません」

「どうして……わからないとしか答えないんだ」

ハルは一呼吸置いて答えた。

「すべて自分で選択するものだから」

コンラッドはふっと苦笑した。

「あなたが歩きたければ、歩けるようになると思います。あなたが医師として働きたければ働けると思います。ハルくんが返事をすることじゃないのです。だからハルくんは、わからないとしか答えられないです」

「その通りだ」

そう言ってコンラッドは声をあげて笑い始めた。とても可笑《おか》しそうに、それでいて少し悲しそうに。どうしたのだろう。

「大丈夫ですか？」

「ああ、変になったわけじゃない。大丈夫、あまりに明快で、くどくどと考えている自分がバカらしく思えただけだ。きみの言う通りだ、そう、決めるのは俺なんだな」

気を取り直したようにコンラッドはサンドイッチをすべて食べたあと、アーモンドパンを口にした。

「うん。これもいい味だ」

「よかった、気に入ってもらえて」

「好きなだけ子供に持っていけばいい。どうせならここに呼べばいい」

「……っ」

ハルはハッとした。

「あの……それなら、夕方、ヴィルヴォン・ヴァルヴォンをしていいですか？」

「ヴィルヴォン・ヴァルヴォン？　ああ、フィンランドのハロウィンか」

「ハルくんの子供……ユッカというんですが、ヴィルヴォン・ヴァルヴォンのお菓子を贈ってくれる人が誰もいなくて」

「俺が渡せばいいのか？」

「渡してくれますか?」

ドキドキする。父親だ、彼はユッカの。渡してほしい。

「かまわないが、代わりにしてほしいことがある」

「え、ええ、もちろん」

「きみといると落ち着く。明日、林檎のケーキを作って欲しい」

「作ります。バニラも、あなたの好きなルバーブのシロップも」

「どうして俺がルバーブが好きだと知っている」

「それは……」

「フィンランドでの俺を知っているのか?」

「……」

「知っているのか」

「コンラッドさん……まだどうしていいかわからないんです、ハルくんには」

その言葉になにか感じるところがあるのか、コンラッドは静かに息をついた。

「では……どうして自分のことをハルくんと言うんだ」

「物心ついたときからそう呼んでいるのです」

「誰も注意しなかったのか?」

「ハルくんはずっと知能が遅れているって言われて育ちました。学校も行ったことありません。

十八になるまで文字も読めませんでした。子供みたいに、自分のこと、ハルくんと呼んで、知能が遅れているまま世界を知らないまま……生きてきました」

「履歴によると、ラップランドで暮らしていたと聞いているが」

「そういうことになっていますが……違います」

言っていいのか、どうか。でも言おう、そう思った。すべて真実を。

それゆえにユッカと離れることになっても。それゆえに、実験道具としてフィンランドの施設から出られなくなったとしても。

この人に自分の子供がいることを知らせたい。

ヴィルヴォン・ヴァルヴォンのお菓子を父から息子に。

「……あの」

言いかけたそのとき、ノックと共にマーヤが現れた。

「さっきアーモンドパンが余っていたから食べにきたんだけどいただいていい？」

「え、ええ」

「とってもおいしそう。同僚にも持っていきますね」

マーヤがバスケットにすべてのアーモンドパンを詰めていく。

「あ……」

「あなたのことを所長が呼んでいたわ。契約書にサインが欲しいって」

「わかりました」

ハルはうながされるまま廊下に出た。

「そうだ」

アーモンドパンを一個だけ残して欲しいと頼まなければと、コンラッドの部屋に戻りかけたとき、扉のむこうから声がした。

「コンラッド先生、私、アルファですが……妊娠・出産、可能です」

突然の言葉に驚いてハルは中に入ることができなかった。

「だから……私ではダメですか？」

つまりマーヤはコンラッドと結婚したいのだ。

「今、そういうことは考えられない。他人に迷惑をかける。恋をする気もない。他人とできるだけ関わりたくない」

「一生、あなたを守ります。私が支えます。だから考えてください」

「マーヤ……」

それ以上そこにいるのが辛くてハルは扉に背をむけた。

アルファで、リハビリ医で、美人で……コンラッドの母親がなによりも望んでいる相手。そんな相手と結婚の話があるのに。

8　蜜月のように

「――失礼します、サインをしにきました」

部屋に入ると、カミラはデスクでパソコンにむかってなにか打ちこんでいた。

「そこのテーブルに書類があるわ」

コンラッドの部屋同様に清潔でシンプルな北欧スタイルの内装。違うのはメタリックローズで花が描かれた壁紙が少し華やかなことと、おしゃれなモノクロのシルクスクリーンの絵が飾られていることだろう。

「この書類ですね」

部屋の中央、来客用のガラステーブルに書類が置かれている。その横には、甘い香りのするグリーンアップルが二個。ハルは書類にサインをしようとしたが、そこにあったのは雇用契約書ではなく、ユッカの出生証明書だった。

「あの……」

二枚ある。それぞれ母親の名前が違う。一枚目は、ヨーランが用意した「ハル」という名前のサーミ人が母親。もう一枚は、半分だけ日本人の血をひき、おとーさんの養子になっていた「ハル」というオメガが母親と記されている。

（知っていた？　気づかれている？）

ハルが強《こわ》ばった表情で見ると、カミラは冷ややかに言った。

「選んで。正しいほうを」

「……っ」

選ぶ……。ハルは息を震わせてカミラを見た。彼女の後ろにかけられた鏡に、怯《おび》えたような、血の気の引いた顔の自分が映っている。

「さあ、早く」

嘘《うそ》はつけない。ユッカは彼女の孫だ。真実を伝えなければ。たとえ自分はフィンランドに強制送還され、オメガたちの施設に送られることになったとしても。

ハルは覚悟を決め、正しいほうの書類に手を伸ばした。するとカミラは顔をあげ、口元に小さな笑みを漏らした。

「ユッカは私の孫でしょう？　知っているわ。だからあなたを採用したのよ」

「――――っ！」

「そうでなければ、雇用実績もなく紹介者もいないあなたを雇って、コンラッドのそばにおいたりはしないわ」

カミラの声の調子が変わった。さっきよりもおだやかだ。カミラはパソコンを閉じると、デスクに肘をつき、上目遣いでさぐるようにハルを見た。

「それで……どっちの子？　ヨーラン？　それともコンラッド？　と訊《き》くつもりだったけど……父親はコンラッドね」

「え……」

「不思議なつながりね。記憶を失っても、またあなたに惹《ひ》かれているなんて」

感慨深げに言われ、ようやく彼女の意図していることがハルにも理解できた。そうか、そうだったのか。

「なにもかもご存知だったのですか？」

「最初に告げるべきなのはわかっていたけど、あなたがどういう人物なのか自分の目で確かめたかったの。子供もそう」

そうだったのか。

「あの事故がなければ、コンラッドを問いただすつもりだったのよ、医療研究施設からあなたを連れて逃げ、一体、どうする気なのか、と。そんなことをしたらただではすまないのだから。でも事故で命を失いかけて……」

気丈な女性なのだろう。淡々と話しているが、声が震えている。それはそうだ、二人の息子――兄のヨーランに続き、コンラッドも喪《うしな》いかけたのだから。

「コンラッドは、あなたを逃がすため、ヨーランがつがいにしたオメガの逃亡用に偽造したパスポートや身分証を、そのままあなたのものにしたのね」

「すみません……」

「謝らなくていいわ、違法なことをしたのはコンラッドなんだから」

カミラは立ちあがり、ハルに近づくと、そっと肩に手を伸ばしてきた。えっ……と思ったそのとき、カミラは包みこむようにしてハルを抱きしめた。

「え……」

「ありがとう、あの子に愛を教えてくれたのね」

その優しい声。カミラは慈しむようにハルの髪を撫《な》でた。驚いた顔でハルが見つめると、カミラはハルから離れて席についた。

「コンラッドはね、父親も私も……ただただ仕事第一の堅物の医師で……やわらかな愛情や情緒を知らないで育ったの。成績優秀で頭が良くて、医師としても将来を期待されていたけれど、情緒が欠落しているようなところがあったのよ」

「え……」

「生真面目を絵に描いたような……教え子たちからも機械のように冷たいと言われていたのよ、あなたと出会うまではね。そんな彼が法に背いてもいいからあなたを守りたいと思って連れだしたのよね。思いやりなんてない人間だったのに。仕事以外の人間関係を面倒くさがっていたのよ」

「そんな……まさか、彼は最初から優しかったですよ」

「ええ、今回と同じ。彼はあなたを前にすると、人間的な優しさや情緒を表に出せるの。多分、あなたに対してだけ。この四年、人形のようになっていたのに」

「……」

「息子の違法行為を許したわけではないけれど……それでも親として、息子がすべてを犠牲にしてもいいと思うような恋ができてよかったと思っているのよ。息子に真実の愛を与えてくれてありがとう。それだけではなく……子供まで……。しかも愛情深く育てている。コンラッドは、人を見る目があったようね」

カミラは小さく微笑した。

「いずれユッカを私にまかせてくれるのよね？」

「……え、ええ」

「すぐにどうこうするつもりはないけど……このままいられないのはわかっているわよね？」

ハルはうつむき、「はい」とうなずいた。

「さっき、あなたが偽の書類を選んだら、すぐにフィンランドに連絡するつもりだったけど……あなたは、自分が強制送還されるのを覚悟して……それでも真実が記された書類を選んだ。そんなあなたをすぐにユッカから引き離すことはできないわ、私もこれでも人の親だから」

「所長……でも、あなたは真実を知った人間として、ぼくをフィンランドのオメガ専用の施設に送る義務がありますよね」

ハルの問いかけに、カミラは暗い表情で視線を落とした。

「人工的にオメガを誕生させていた……その忌まわしい歴史は葬り去らないといけないの。殺したり処刑したりされることはないわ。ただ……あの施設出身のオメガは、一カ所に集められ、そこで暮らしていくしかないの。生活も基本的人権も保障することになっているのだけど」

「でも……ぼくは人工的なオメガではないです」

「じゃあユッカを残して、あなたはラップランドで暮らす？　サーミの集落だけは、自然に誕生したオメガの自由が認められている。ただコミュニティの外に出て暮らしていくことはできないわ」

「そうですね」

「ユッカは責任持って守るつもりよ。ここでコンラッドとマーヤを結婚させ、ユッカを二人の子として育てるというのはどう？　彼女は信頼できる女性よ。リハビリ医としても優秀だし、コンラッドを支えてくれると思うの」

「そうですね」

コンラッドが自分以外の人間と結婚する。その事実を改めて突きつけられても、心が痛むことはなかった。どうしたのだろう、なにかをどうにかしたいとか、こんなふうにしたいという気持ちが自分のなかに見えないのだ。

この人がユッカをひきとりたいと言ってくれるまでは、いろんな不安が心のなかに渦巻いていた。けれど『ありがとう』と言われ、抱きしめられたとき、そんな不安が身体《からだ》のなかから消え、純粋に「よかった」という思いが湧いてきた。

コンラッドのお母さんに真実を伝えることができてよかった。自分たちの過去の愛を肯定的な眼差《まなざ》しで認めてもらえてよかった。なによりユッカをひきとってもらえることになって本当によかった。心の底からそう思うから、もうこれから先のことはどうでもよかった。

コンラッドを愛し、守ってくれる女性と彼が結婚することも「よかった」と思える。自分には今の彼を守ることはできないから。

「ごめんなさいね、ハルくん。あなたにはかわいそうなことになって」

「いえ、ちっとも」

かわいそうの意味がわからない。それともかわいそうなのだろうか、自分は。

「あの、さっき、パソコンでご覧になっていたのは、ぼくのいたフィンランドの医療研究施設のデータですよね？　消失したのでは？」

鏡に映っていたのをちらりと見ただけだが、それらしきことが記されていたのでどうしても気になってしまった。

「ヨーランが別の形で残しておいてくれたものよ。完全なデータではないけれど」

「見てもいいですか」

「見るだけよ」

「はい」

記憶できる。本当だ。この世界にもうオメガは数少ないし、存在する必要もないのだ。

そこには自分のデータもあった。今までよくわからなかったことも何となく理解できた。

「もうこの世界にオメガは必要ないのですね」

「ええ、人類のために」

「フィンランドの施設に行けば、どんなオメガでも生きていけるんですよね？」

「ええ。衣食住が保障されるわ。あなたにはユッカをここまで育ててくれたお礼をするつもり。特別待遇の暮らしを」

「その前に、一つお願いがあります。ユッカと約束しているんです。ミッドサマーのときにラップランドの森に帰ろう、と。それまでは親子として暮らすことはできませんか？」

「ミッドサマー……夏至祭ね」

「それを許していただけるなら、お礼に……ぼくの角膜をコンラッドさんに」

「え……」

「そこのデータを見てわかりました。オメガは……必要ないんです。ぼくは必要のない存在なんです。それならせめて必要とされるものを残したいです」

「バカなことを言わないで。生きている人間から移植だなんて」

「せめて片目だけでも」

「無理よ」

「肝臓や臓器なら可能なのに、どうして角膜はダメなんですか。ぼくは、コンラッドさんのつがいですよ。意味……わかりますよね?」

ハルの言葉に、カミラはハッとしたように目を見ひらいた。

つがいの契約を結んだオメガは、その相手の子供を誕生させることができるだけでなく、骨髄の型が同じになる。

さらには臓器を提供しても拒絶反応がなく、合併症のリスクも少ない。それなら自分の角膜こそがコンラッドに最良なのでは。

「昔は……そんなこともまかりとおっていたけど……今はもう違法だわ」

「どうしてもダメですか?」

「犯罪よ。医師である私が許可できるわけないでしょう。腎臓や肝臓ならともかく。それにたとえば、極秘で実行してコンラッドが視力をとりもどしたとしても、私は、一生、そのことに対する負い目と十字架を背負っていくことになるのよ」

彼女に重い精神的負担を与えてしまう。犯罪行為を共有してくれとたのむなんて無理なことだ。提供者からの希望だとしても。

ハルは納得したようにうなずいた。

「そうですね。すみません、無理をお願いして」

「あなたの気持ちは理解できるわ。私だって息子のために角膜くらい提供したい気持ちはあるわ。でもね……」

そのとき、彼女のスマートフォンから着信音が聞こえてきた。ちらりとそれを一瞥《いちべつ》したあと、カミラはふっとおかしそうに笑った。

「……」

なにがあったのだろうと見つめたハルに、彼女は満たされたような笑みをむけた。

「コンラッドからのメールよ。音声入力をして送ってきたの。視力がなくてもできる仕事をする、医療業界のリモート会議用の同時通訳の勉強を始めるので、それまでもう少しここで生活させて欲しいと書いてあったわ」

「え……」

「今、けっこう必要なの。医学の知識があり、かつ、瞬時に完璧な通訳ができる人間。コンラッドは、フィンランドでの記憶が曖昧なだけだし、医学の知識以外にも数カ国語は堪能《たんのう》よ。しっかりと資格がとれるよう勉強すれば、すぐに仕事として成りたつわ」

カミラは本当にほっとした様子でうっすらと目に涙を浮かべていた。

「ありがとう、あなたのおかげね」

「ぼくの?」

「コンラッドはあなたと会ってから変わったわ。あなたとの時間が彼にとてもいい刺激になるみたいね」

「でもまだ数回しか」

「本当に全然違うのよ。これまでは感情や意思が消えていたのに。今は前に進もうとしているのよ、視力が失われた状態でもできることを最大限にしようと考えているの。長かったわ、その気持ちを彼自身が持てるようになるまで」

言いながら、彼女は両眼から大粒の涙を流し始めた。「ごめんなさい」と言いながら、手で口元をおさえ、嗚咽《おえつ》をこらえようとしている姿に、息子への彼女の深い愛情を感じ、ハルはさっき己が口にしたことを激しく後悔した。

(そうか……ハルくんがしようとしていたことは……まちがっていたんだ)

自分を犠牲にし、カミラに心の負担を与え、コンラッドが視力をとりもどしてどうなるのか。彼自身が今の状況を受け入れ、前に進む。そのために、カミラはずっと努力をしてきたのだ。もっと大きな愛、もっと深い愛で。

「ハルくんもうれしいです。コンラッドさんが前に進んでくれるの、とてもうれしいです。そして所長の姿にも感動しました。ハルくんも、所長のようになりたい。ユッカのためにどうしたらいいのか、深い愛で考えられる人間になりたいです」

仕事場では自分のことを「ハルくん」と呼ばないと約束したのだが、それも忘れて、ハルはいつも話すような口調で思わずそう言った。だがカミラはもうそんなことを注意する気はないようだった。

「ありがとう、ハルくん。息子は……本当に人を見る目があったようね」

「そう言ってもらえて、ハルくん、とても幸せです。でもだからこそ、偽物のパスポートと身分証でここにいることはできないというのもはっきりわかりました。なので、ミッドサマーまでここにいて、コンラッドさんの介護をがんばって、ユッカと一緒に故郷を旅行したあと、警察に自首します」

そう、それが一番いい。そうしよう。覚悟ができた。

あと二カ月、精一杯、コンラッドを支えよう。精一杯、ユッカを愛そう。

「あなたの処遇については、善処されるよう、協力するわ」

「ありがとうございます。でもどうなっても、ハルくんは怖くないです。それより一つだけ怖いことがあります。とても怖い。ハルくんを助けてくれますか？」

ハルはまっすぐカミラを見つめた。

怖いこと――それは自分がオメガであることだ。コンラッドとつがいの契約を結んでいる。つまりいつ発情が起きてもおかしくないのだ。抑制剤を服用はしているが、市販の低容量のものでは効果は薄い。だからもっと強い薬が欲しかった。コンラッドの前で絶対に発情が起きないよう、フェロモンの分泌を抑える薬を。

「わかったわ、話して」

「実は――」

†

「……っ」

ダメだ、まだうまく歩けない。すぐにマットに倒れてしまう。

コンラッドは肩で息をつき、床に横たわった。

「まいったな」

あちこち打ち身だらけだ。最近、手術をしたばかりの膝が何とも苦しくなってきた。粉々に砕けた骨を何度かの手術でつなぎ、まだあちこちにボルトが入ったままだ。

以前は当たり前のように立ち、歩いていたというのに、それをするだけでこんなにも痛くて辛《つら》いなんてことがコンラッドには信じられない。マーヤがいない間に歩けるようになって、もう訓練の必要はないと伝えたいのに、まだ無理そうだった。

『大丈夫ですよ、あなたは歩けるようになります』

『医師として以前のように活躍できると思います』

無理な言葉で励まされるのは辛い。気休めだというのはわかっている。懸命に励ましてもらうのが気が重くて仕方ないのだ。

もちろんそれを態度に出すこともないし、言葉にする気もないが。

(そう、彼女や母がいないと……今の俺は生きていくことができないのだから)

独り立ちしたい。記憶が曖昧なままならそのままでもしかたない。角膜移植の順番待ちで医師に戻れないのならそれでもいい。今はただただ自分で自分のことができるようになりたい。

コンラッドの心にそんな気持ちが芽生えていた。

マットに倒れこんでいると、ふっと甘い香りがした。と同時に上からのぞきこむ影が感じられた。光と影だけはかろうじて判別できるのだ。

「あの……大丈夫ですか」

ハルだった。介護士で料理人の彼だとわかると、ほっとしてコンラッドは微笑した。

「平気だ」

わからない、どうしてなのか、このハルという名の介護士といると気持ちが落ち着く。

記憶も漠然としたままで、視力はなく、自由に動くのもままならず、もうずっと長い間、心も暗闇をさまよっていた。

そんなとき、突然、目の前に現れた不思議なほど甘い香りのする存在——ハル。

彼にどうしようもなく惹かれてしまうのはどうしてなのか。

母からはマーヤと結婚するのが一番いいとすすめられ、本人も自分の介護のために犠牲になろうとしているような気がして、正直、結婚話に乗る気にはなれない。

頭脳明晰《めいせき》、仕事もよくでき、その上、女優のように美しい女性が、なぜ自分のようなどうしようもない男と結婚したいと思うのか。子供も欲しいとまで言っていたが。

医大生時代に憧れていたから？　評判の悪い講師だった自分に？

母の後継者になりたいから？　医師としての野心があるから？

いや、それなら自分なんかと結婚しなくても、彼女なら十分やっていけるだろう。それなのにどうして……という疑問が湧く。

それ以来、彼女が献身的にリハビリをしてくれればくれるほど、どうしようもなく不可解な気持ちと、このままではいけないという焦りが芽生えてしまうのだ。早く何とかしなければ。この状態から脱《ぬ》けださなければ……と。

「——今日の夕飯の確認に来ました。所長からいただいたレシピによりますと、ニシンのアンチョビとじゃがいものグラタンになっていますが、それでいいですか？」

「いいもなにも……与えられたもの以外、自分では食べることなんてできないからな」

「なにか好きなものがあったら言ってください。レシピに加えられるか考えますので。今日は渡されたレシピ通りに作ります。おいしいチーズがたくさん手に入ったので。あ、でもこのチーズは挽《ひ》き肉のほうが合う気もしますけど」

チーズ、挽き肉……という言葉に、ふっとコンラッドは記憶の底でなにかが弾けそうになるのを感じた。

「待て、挽き肉がいい」

「え……」

「手のこんだものでなくていい、もう一度食べたい、チーズがかかったミートパイが。母やマーヤに内緒で、スーパーで買ってきてくれ」

「ス……スーパーの……ミートパイ……ですか」

「ああ、それがいい。無理に作らなくていい。スーパーで冷凍したのを買ってきて温めてくれればそれで」

なぜかわからないが、無性に食べたい衝動に駆られた。

「あ、あとコーヒーとシナモンロールがあれば最高だ。これもそのあたりのカフェで適当に買ってきてくれればいい。そういうジャンクなものが食べたい。これで」

コンラッドはハルに財布を手渡した。

「……っ」

しかしハルが言葉を失っている。せっかく栄養士が考えたレシピ通りの料理を作ろうとしているのに、それよりもスーパーやカフェのジャンクなものが食べたいと言ったので気落ちさせてしまったのだろうか。

「気を悪くしたか？」

「え……どうして」

「きみたちの努力を無駄にするようなことを口にした」

「あ……いえ……わかりました。夕飯までに買ってきます。ハルくんもスーパーのミートパイやシナモンロールが大好きです」

どうしたのだろう。涙声なのに、声音がはずんでいる。不思議だ。

「母やマーヤが文句を言ったら、俺に無理やり頼まれたと伝えればいい」

「じゃあ、所長やマーヤさんの分も用意します。ハルくんも大好きなので、みんなも食べたら好きになると思いますよ」

「それはいい。彼女たちはジャンクなものは口にしなさそうだからな」

コンラッドは笑いながら答えた。

ハルといるのは気楽だ。焦りももうしわけないという気持ちもない。

事故以来、死んだようになっていた世界で、彼と会ってから、今の自分の世界が魅力的で、愛《いと》しくさえ思えてくるようになったのはどうしてなのか。

自分でも不思議だった。目が見えないからこそ、自由に動けないからこそ、彼と出会えた。

そして彼と触れ合える時間ができた。そのことが幸せで幸せでしかたないのだ。

「そうだ、子供は？　連れてこないのか？」

「え……」

「夕方、ヴィルヴォン・ヴァルヴォンとかいう遊びをする約束になっていたはずだが」

「いいんですか？」

「いいもなにも……お菓子を渡す約束じゃないか。きみがすべてお膳立てしてくれたら、子供に笑顔でお菓子を渡そう。俺で良ければ」

「ありがとうございます、でも……今日はもうお菓子がなくて」

「知っている、マーヤが同僚に持っていくと言っていたが、大丈夫だ、あとで食べると言って、一個、余分に残しておくように言った。ないか？」

「一個？　あ、あります。あなたが座っているテーブルのところに。ラップがかかった状態で一個……」

「あれではダメか？」

「い、いえ……ありがとうございます」

「好きな味だった。きみの料理は心地がいい」

「……っ」

ハルが喜んでいるのがわかる。涙ぐんでいるようだ。

どうしてなのかわからないが。泣いている彼がそばにいると、抱きしめたくなる。あやすようなキスをしたくなる。

半身を起こし、手探りのまま彼に手を伸ばすと、その手をハルがつかむ。

「……」

そっと彼が手の甲にキスをした気がして、コンラッドは見えないままじっと目線を彼にむけた。彼のまなじりから流れ落ちてきた涙なのだろう、手の甲がほんのり濡《ぬ》れているのがわかった。

どうして泣いている。そう訊きたいが、怖くて訊けない。ずっと前から彼を知っている気がしてくるからだ。なにか大切なことを思い出しそうな、思い出せないような、そんなもどかしさを感じるのはどうしてだろう。

「こんなふうにしていると、きみに……キスしたくなる。それから抱きしめたくなる」

「……っ」

「自分でもわからないけれど。もちろんそんなセクハラまがいのことをする気はないが。だが、魅力的すぎるんだ、きみからする甘い香りは……」

「香り……しますか？」

「ああ、林檎《りんご》の香りだと思ったが……どうもきみの香りのようだ。それだけでくらくらしてしまいそうだ」

「すみません……今はまだ低容量なのですが、明日からもっと強い薬を処方してもらえるようになりましたから」

「そうだな、俺に襲われないよう気をつけてくれ……と言いたいところだが、強い薬には副作用があるはずだ。俺を刺激しないために服用するならやめてくれ。発情期がきてしまったら、その間はここにこなくてもいいから」

「そんな……そういうわけには」

「ハル……」

コンラッドは強くハルの手首をにぎった。

「ダメだ、その間は休むんだ。俺もそれまでに少しくらい自分で自分のことができるようにしておく。今まではわがままな態度を取っていたが、今後、どんな介護士や調理師がきてもうまくやっていくようにする。だから気にせず、こられないときは休んで欲しい。それ以外のときに、その分、働いてくれればいいから」

そうだ、それがいい。強い抑制剤は人によっては高熱を出したり、アナフィラキシーを起こしたりする可能性がある。しかも低確率のワクチンなどと違って、この場合はかなりの高確率で。自分のために、彼にそんなリスクを負わせたくはない。

「いいな、約束だ。強い薬はやめてくれ」

「……わかりました」

ハルの返事にコンラッドはほっとして手を離した。

「お菓子の渡し方だが……やり方を教えてくれ」

手をひっこめ、コンラッドは気を取り直したように問いかけた。

「あ、はい。わかりました。ハロウィンと同じで……」

説明によると、西欧でのハロウィン、スウェーデンでのイースター、ポスクと似ていた。女の子たちが魔女の格好をし、子供たちはお菓子をもらうのだ。

自分はイースターに参加したことはなかったが。

「昨年までは、近所の森のおばあさん姉妹からお菓子をもらっていたのですが」

「ああ、ラップランドの？」

「はい、ユッカがとてもなついていて。今年も白夜の季節……ミッドサマーに会いに行こうと思っています」

「そう、夏至の祭か。北欧が一番綺麗《きれい》な季節だ。花が咲き誇り、色彩もあざやかで」

「ええ、とても綺麗で、赤い花や青い花が見事で……」

言いかけて、ハルが口をつぐんだ。

「いい、気にしなくて。見えなくても記憶している。むしろ見えていたときよりもあざやかだ。そしてとても愛しい。赤や青の花、真っ白な林檎の花、ピンク色のライラック、黄色の花、それから真っ白な野苺《のいちご》の花……」

本当に見えるようだ。いつかそんな場所で暮らしたい。目が見えたなら、医師として役に立てただろうけれど、今の自分はまだなにもできない。

だから医療用のリモート会議の同時通訳の勉強を始めることにした。医学的な知識も語学力もある。あとは、そうした場で瞬時に的確な通訳ができれば。

そう、そうなったら、そんな場所に行きたい。見えなくても、香りや空気を感じることができる。美しい夏至祭があるような、北欧の静かな森に囲まれた村で、おだやかに暮らしたい。できれば、ハルと……と思うのはおかしいだろうか。

まだ出会ったばかりなのに。あの愚かな若者たちの物語『ロミオとジュリエット』のように、出会って、すぐに恋に落ちてすぐに結婚したいと思ってしまうような、そんな思いが自分のなかで芽生えそうになっているのがわかる。

「いつか行ってみたい。空気に触れるだけでいい」

「あ、あの……コンラッドさんは、そうした場所がお好きなんですか？」

「そうでもなかったと思うが、なぜか急にそんな場所に行きたくなって……想像しただけでいてもたってもいられなくなる。こんな人間ではなかったのに」

自嘲気味に言いながらコンラッドは苦笑した。

「いや……無駄な話はやめよう。きみの息子を連れてきてくれ」

「はい、今から用意しますね。黄水仙の花と、マンミとイースターエッグもあったほうがユッカが喜ぶと思うので」

「マンミなんて食べるのか？」

ライ麦にシロップを混ぜて焼いた菓子だ。コンラッドは思い切り嫌な顔をしてしまった。

「……嫌いなんですか？」

「子供のころ、イースターで食べた気がするが、吐きそうなほどまずかった」

「本当に？　でもハルくんのマンミは、みんながおいしいと言ってくれますよ」

「それはきみたちフィンランド人の味覚がおかしいんだ。カレリアというパイもサルミアッキという飴《あめ》も」

「食べたことがあるのですか？」

「……」

食べた気はするが、どこで食べたのか、いつ食べたのか記憶がない。

「わかりました。今度、ごちそうします。ユッカは、ハルくんの作ったカレリアパイが大好きなんです。コンラッドさんも一緒に試してください」

「……あ、ああ」

「あ、花、とりかえますね」

「ああ」

何だろう、ハルといるとすべてが心地いい。彼のそっとした気遣いに気づいている。こちらの心が慰められるようにとのことか、いつも甘い香りのする花を用意してくれる。

窓を開け、部屋の換気をし、心地よく過ごせるようにしてくれる。

コンラッドが好きそうな音楽をかけてくれる。目が見えない人間用の映画やドラマを探してくれる。なにより彼の作る料理がとてもおいしい。

『コンラッド、マーヤと結婚するのが一番よ』という母の言葉。

『一生、あなたを守ります。私が支えます』というマーヤの言葉。

どちらにも心が動かないのに、ハルには惹かれる。

『すべて自分で選択するものだから』

料理も菓子も香りも空気感にも惹かれるが、なによりあの言葉に胸を打たれた。

そう、それこそが欲しかった言葉だ。自身の人生をどう選択するかは自分で決めることだ。

こんな身体になったからといって、支えてくれる相手と結婚するのはおかしい。

父親のいない子と暮らすオメガ——これまで世間はハルに対してどんな態度をとっていたのだろう。金銭的にも社会的にも困ることが多かっただろう。

だが、そんな空気をハルはみじんも感じさせない。後悔はしていない、その相手を深く愛した、命がけで愛した——とハルは口にしていた。

だから息子ができたのだと。

コンラッドが打算でマーヤと結婚してしまうよりも、そのほうがずっと尊いではないか。

彼は子供を誰よりも愛している。そしてその父親のことも。

(でも……誤解してしまいそうになる)

さっきのような態度。手の甲へのキス。涙……。

一瞬、勘違いしそうになった。子供の父親のことは忘れて、コンラッドのことが好きなのではないか、と。

(ばかな……。俺のことなど好きになる人間がどこにいる)

記憶も視力も生きる希望もない男だ。

ただ親の金があるだけだ。まだ車椅子でしか移動できない。ようやく杖《つえ》があれば歩けるようになったが。こんな男を彼が愛してくれるわけがない。

彼が愛しているのは別の男。できれば、その男を探し出し、息子と三人で暮らせるように協力してやるのがいいと思うのだが。

そうすることがハルの幸せだとわかっているが。

それなのにできない。勇気が持てない。

会ったばかりなのに自分でもどうしようもないほど彼に惹かれている。『ロミオとジュリエット』のように一瞬で恋に堕《お》ち、一瞬で結婚したいと思ってしまうほど。

(そうだ……俺が結婚したいのは……)

夏至祭が開かれる美しい森で、色あざやかな花が咲く場所で、ハルと静かに暮らしたい。その息子の父親になりたい。そんなふうに思ってしまう衝動が抑えられない。

自分を抑制しないと、どうしようもないほどハルに惹かれ、彼をめちゃくちゃにしてしまいそうで怖い。彼に異様なほど執着しそうで怖い。

そんな思いを隠し、その日の夕方、テラスに面したパティオに座っていると、ハルが息子を連れてやってきた。

「ヴィルボン、ヴァルボン、お菓子をください……」

かわいい子供の声がして、コンラッドは杖をついて立ち上がり、リボンを結んだ紙袋を彼に渡そうとした。

「あれ、パパ？　パパじゃないの？」

いきなり子供がぴょんと飛びついてきて、コンラッドは杖を落としてそのまま後ろに転びそうになった。テラスの手すりに手をつき、抱き抱えると、ずっしりとした子供の重みが腕に伝わってきた。

「ユッカ……ダメだよ。飛びついたら。コンラッドさんは目が見えないんだから」

花が咲く庭園。その陰からハルの声がした。頭上からは夕方の光。泉から流れ出る水の音がさらさらと聞こえてくる。テラスの白い壁が夕日を反射しているのがわかる。

目は見えないが、光だけは識別できるのだ。

「でも、パパだよ」

甘ったれた子供の可愛《かわい》い声が耳に響く。

「ユッカ……」

「ハルくん、ハルくん、この人、絶対にパパだよ、パパだよね？」

パパ？　この子供の匂い。子供がコンラッドにしがみついて離れない。困惑したまま硬直し、コンラッドは見えない視界のどこかにいるハルに声をかけた。

「……ハル……つかぬことを聞くが……この子は……誰の子だ？　まさか……俺の」

思わずそんなことを訊いていた。

ハルは少し口をつぐんでいたが、すぐに「わかりません」と答えた。

「わからない？」

「わからなくないよ、ユッカにはわかる、パパだ、絶対パパだ」

子供がコンラッドにしがみついて離れない。泣きじゃくっているようだ。見えないのはもどかしい。

「ユッカ、パパとは一度も会っていないんだよ。なのにどうしてその人がパパだなんて」

「わからない……でもパパなんだ、絶対にパパだよ、コンラッドさんだよね？　コンラッドさんはパパだよ」

「よしよし、わかった。そうだね、ではどうだろう。今日から俺がこの子の父親代わりになるというのは……」

思わずそんなことを口にして子供を抱きしめ、ぽんぽんとその背を叩《たた》く。

ふと湧いてくる妙な愛しさ。本当の子供ではないにしても、一瞬にして愛しさが湧いてくるのはどうしてなのか。

「コンラッドさん……父親代わりなんて……違うんです、そうではなくて」

ハルが泣いているのがわかった。本当にこの子のことが大切なのだ。

「ハルくん、ハルくん、どうしたの、なにを泣いているの？」

「いいから、ユッカ、こっちへ。コンラッドさん、すみません、ユッカを連れて行きます。くわしい説明は改めて」

コンラッドからユッカを引き剝がし、ハルがその場から去っていく。

（くわしい説明は改めて？　どういうことだ……）

パパだと叫んでいたユッカという子供の声。

パパ、まさか本当に……。

9　北欧の森で

『パパだ、絶対にパパだ』

ユッカがそう言ったとき、ハルは心臓が爆発するかと思った。一度も会っていないのに、それでも彼が父親だとわかるのか。


そのあとどうやってユッカをコンラッドから引き剝がしたのか記憶にない。泣きじゃくるユッカを連れて自分の部屋にもどり、彼を寝かしつけた。

そのあと、ハルはあわててカミラのところにむかった。

「ユッカが、コンラッドさんが父親だとわかってしまったようです。コンラッドさんも、ユッカの父親代わりになると言っています。これ以上、だまっていられません」

「そう……それなら話は早いわね。コンラッドには説明するわ」

「説明？」

「その子はコンラッドの子供だと」

「よろしくお願いします。ハルくんは、このまま自首しますので、ユッカをお願いします。ただコンラッドさんが記憶をとりもどすまで、本当のことは伏せてください。ユッカの本当の母親はあの医療研究施設の爆破事故で行方がわからないと」

「ハルくん、いいの、それで」

「最初からその覚悟です。ハルくんは、あの施設にいたオメガなんです。あそこにいた人は、誰一人、自由に恋愛することはできなかった。今もまだ自由に外の世界に行くことができない。社会復帰プログラムを受けていると聞きますが……彼らが社会で生活していくのは容易ではないでしょう」

ユッカを本来の場所に戻すことができると思った途端、これまで感じたことがなかった罪悪感がハルのなかに湧いてきた。

あそこでハルが食事やアイロンがけをして世話をしていたオメガの人たち。彼らは、今も自由に恋愛ができず、どこかに閉じこめられ、自分の意思とは関係なく暮らしている。そんな中、自分はコンラッドと出会って、恋をして、そして愛の結晶をこの世に送ることができた。それがどれほど特別で、どれほど幸せなことなのか。

「ハルくんは、もともといた場所の人たちがいるところに行きます。一人だけ外の世界にいていいわけがない。今までずっと幸せだった。でも、これからはあの人たちと一緒にいるべきだと思うんです」

「あなたが罪の意識を持つことではないわ。それにあなたは自然に誕生したオメガなんだから、あの施設にいたオメガの人たちとは違うのよ」

「違うって……でも同じ命ですよ」

「……っ！」

「人工的に誕生させられたからって、命がある以上、同じじゃないんですか。勝手に誕生させられて、勝手に閉じこめて育てられて……今も自由が得られない。確かに自由になったら、アルファを刺激して危険かもしれないし、その肉体を利用されて悲しい目に遭うかもしれない。でも一人一人、人間として誕生している以上、自由に恋愛して、自由に生きる権利はあると思うんです。自分が人を好きになって幸せの意味を知ったから……今、改めて自分のなすべきことが見えてきました」

　そう、オメガの人たちのところにいったん帰る。そしてそこでみんながどうすればいいのか考える。それが達成できたあと、みんなが自由になれたあと、ハルもまた自由になっていいのだ。そしてそのときこそ、コンラッドとユッカに自分も家族だと告げることができるはず。

　たとえコンラッドが別の相手と結婚し、ユッカが別の人を母親だと思うことになっても。

「……あとのことはお任せします。ハルくんは自首して、あの施設に行きます」

「相当な覚悟のようね。わかったわ、私もできることは尽力します。でもね、その前に一つお願いがあるの」

「はい」

「今度の週末……明後日から、あなたに四日間のイースター休暇をとってもらうわ」

「え……」

「ユッカとラップランド旅行をしてきなさい。四日目の朝、ユッカを森の入り口まで迎えに行きます」

「いいんですか……旅行しても」

「もちろんよ……ありがとう……孫をここまで育ててくれて。愛情を与えてくれて」

「ハルくんこそ幸せでした。ユッカを育てることができて。それから少しの間でもコンラッドさんのお世話ができて」

「明日からラップランドに旅行に行きます。ユッカに会わせたい人がいるので。帰ってきたら、あなたにすべて説明します」

ハルは翌朝、コンラッドのところに挨拶に行った。

「真実を教えてくれるんだな」

「はい、ですから待っていてください」

コンラッドは薄々わかっている気がする。ユッカが自分の子供だと。

「そうだ、ハル……きみたちが旅行から帰ってくるころ、角膜移植の手術を受けることになった。目が見えるようになったら、正式に俺と結婚してくれないか。だが、その前にきみを俺のつがいにしたい」

その言葉にハルはどうしていいかわからなくなった。

「あなたの……つがいに。でもマーヤさんは」

「彼女には、昨日、正式に結婚の意思がないことを告げた。リハビリ医としての献身には感謝している。人間としても尊敬している。でもそれは愛ではないとはっきりと」

「マーヤさんは……」

「納得してくれたよ。はっきりと意思を伝えたことで、彼女も私情は捨てて、リハビリ医としての職務に専念すると言ってくれた」

そう、二人の会話や関係はハルの知るところではないけれど。

「きみの首筋を噛《か》みたい。入院する前にしるしをつけたい」

それは……。どうしていいのか。なぜなら、彼がもう一度ここを噛んでしまったら、つがいの契約が解消されてしまうからだ。すでに自分と彼はつがいの契約を結んでいるのだから。

「お断りします」

ハルはきっぱりと言った。

「ハル……」

「手術をしてから決めてください。今は性急すぎます」

「そうか？　『ロミオとジュリエット』だって出会ってすぐに結婚したぞ」

その言葉に、ハルは息を呑《の》んだ。

「どうして……その物語を」

「昔、映画やミュージカルで見たときは、ずいぶん愚かな若者たちだと思ったが……なぜか、今、無性にそんな恋がしたいと思うんだ、きみと……」

ハルは全身を震わせた。記憶を失っているのに。フィンランドでハルと過ごした時間を忘れているはずなのに。コンラッドから出てくる言葉が同じだ。

（そう……か。そうなんですね、あなたはどんなことになってもハルくんを選んでくれるのですね。愛してくれるのですね）

ハルはその夜、コンラッドに手紙を書いた。

彼の目が見えるようになったときに読んでもらおうと。

ヘルシンキの小さな市場の前でぶつかった自分たちの出会い。なにも知らなかったハルに彼が教えてくれたたくさんのこと。

ロミオとジュリエットのことを愚かだと思っていたのに、恋をしたら、そんな気持ちになるのだと幸せそうに話していたあなたが大好きだと思ったこと。

それから彼がどんな気持ちで愛してくれたか。

だからこそユッカが生まれた。

再会できて幸せだった。思い出してもらえなくても、記憶がもどらなくても、彼がまた自分を愛してくれたことにどれほどの喜びと幸せを感じたか。

でもあの医療研究施設で育ったオメガとして、自分にはやらなければならないことがある。だからユッカをお願いします。

オメガのみんなと一緒に自由を手に入れることができたら、必ず戻ってくる。それまで愛してくれていたらうれしい、と。

でもそうでなかったとしても、これまでのことだけで十分幸せです。大好きです。

そのことをすべて手紙に書き、ハルは日付指定郵便で彼に送った。


「わーい、ハルくん、帰ってきたよ、森に」

むせるような緑に包まれた森の奥の小さな家。三本の林檎の木とベリーの茂みに守られるように建つ小さな家を出たのは、数カ月前のことだった。

「夕飯、どうする？」

「ユッカ、とろとろのシチューがまた食べたいな」

「ミートボールのミルクシチューにしようか。チーズもたっぷり入れて。あとじゃがいもとチーズとにんじんと」

「ハルくんのシチュー大好き」

「カレリアパイも焼くね」

「うん、ハルくんのカレリアパイも大好き」

コンラッドにはまだ食べてもらっていない。おいしいカレリアパイを作るとコンラッドに約束したのに。

「ユッカも手伝っていい？」

「うん、いつも手伝ってくれていたね。そうだ、カレリアパイの作り方、教えてもいい？　パパに作ってあげて欲しいんだ」

「パパって……やっぱりコンラッドさんがユッカのパパなの？」

その問いかけに、ハルは「うん」と小さくうなずいた。

「ハルくんは？　カレリアパイはどうしてハルくんが作らないの？」

ハルは口ごもった。この旅行中にユッカには、これからのことを伝えるつもりではいたけれど、どう説明すればいいのか。カミラが祖母であることを伝えるのは簡単だった。本人を前にして紹介するだけで済んだからだ。

けれど、それ以外のことを幼子にわかりやすく真実を伝えるのはとても難しい。アルファとオメガ、その不条理な世界のことも含め、どれほどコンラッドと自分が深く愛しあってユッカが生まれたのか。コンラッドの今の状態。偽の身分証のことをふくめて。

（コンラッドさん……ハルくんには……難しいです。あなたがハルくんに教えてくれたみたいに、ユッカにいろんなことを上手に伝えられないです……）

泣けてくる。どうやって伝えるのが一番なのかがわからない。今のユッカには複雑すぎて説明ができない。だから……。

「それはね……ユッカがもう少し大人になったら、おばあちゃんから聞いてね」

「うん、カミラおばあちゃん、大好き」

ユッカが笑顔で言うのがうれしかった。カミラがユッカに優しくしてくれるので、ユッカもなついてくれた。

「おばあちゃんにも食べさせてあげて」

「うん、そうする」

「じゃあ、始めようか」

この季節——いつまでも空が明るいせいか、窓から外の景色が一望できる。ミッドサマーにはまだ少し日にちがあるけれど、花がたくさん咲く季節にここに戻ってこられたのは嬉しい。明日はたくさん花を見に行って、それから老姉妹を訪ねよう。

明後日は、ユッカと森の奥の湖に行こう。

村の人がトゥオネラ——黄泉《よみ》の国と呼んでいる湖がある。

確かに枯れた木々が骨のように沈んだその湖は、少し黄泉の国のような雰囲気があるが、ハルはユッカが赤ん坊のときに何度も行ったことがある。

湖の近くに、古代フィンランドの祭壇のような場所があって、そこに祀《まつ》られている神さまにいつもコンラッドの無事を祈っていたのだ。

フィンランドの神話に出てくる神はたくさんいる。

雷神かつ天空神のウッコ。自然現象への脅威から始まったのだろう。

それから水の神さまワイナミョイネン。それらの碑文が刻まれた石碑があるのだ。トナカイやクマもいるが、怖くはない。繁殖の季節ではないので安心だろう。

フィンランドの人に昔から祈りを捧《ささ》げられる神。魔法も使えたという。

満天の星が煌《きら》めくのを感じたり、オーロラが空に光るのを眺めながら、コンラッドに無事にユッカを届けられることばかり祈っていた。

そのことが叶《かな》った。

だからお礼に行きたいし、ユッカにもそれを伝えたい。

翌日は老姉妹を訪ねた。

さらに次の日、ユッカと過ごす最後の夜、ハルはユッカとともに森の奥へとむかった。奥といっても、小屋からモミの林の一本道を辿《たど》って三十分くらい。オーロラの見える夜、祭壇で祈りを捧げると願いが叶うという伝説があるから。まだイースターが終わったばかりの今なら、オーロラが見えるかもしれない。

湖の近くの祭壇の前までくると、すーっと月が消えた。あたりがいきなり蒼然とした闇に包まれ、ユッカがハルの手をぎゅっとにぎりしめてきた。

「大丈夫、すぐに目が慣れるから」

さわさわと地衣類の表面を撫《な》でる風の音だけが森閑とした夜の森に響いている。息を殺し、じっとそこに立っていると、少しずつ目が暗闇に慣れ、ハッと気づくと、恐ろしいほどの無数の星が天空でまたたいているのが見えた。

「わあっ、わあっ、すごい、ハルくん、見て、すごい、きらきらしている」

ユッカがはしゃいだ声をあげる。ハルもうれしくなって天空を見あげた。

「すごいね……とても神聖な気持ちになるね。神さまや妖精が出てきそうな夜だね」

「ねえねえ、ハルくんはなにを祈るの？」

「ユッカとコンラッドパパとカミラおばあちゃんの幸せかな。コンラッドさんの目の手術が成功することと、それからね……ラップランドの森の姉妹と、この村の人と、あとマーヤさんの幸せも祈るよ」

「ハルくんは自分のことは祈らないの?」

ハルと手をつないだまま、ユッカが小首をかしげて問いかけてくる。金髪のふわふわの髪の毛、それから青い瞳、ユッカを見るのは、もしかするとこれが最後かもしれないと思うと泣けてきそうだ。

自首して、施設に行ったあと、もしかすると、もう二度と自由に外の世界にくることができなくなるかもしれない。ユッカといつ会えるのか。コンラッドさんとも。

そう思うと、胸が裂かれそうに痛い。でも偽りの身分証で生きていくことはできない。自分だけ幸せになれない。ユッカの親として恥ずかしくない人生を歩まないといけない。

あのとき、コンラッドも緊急避難的な意味で、ハルに身分証をくれたのであって、生涯、嘘をつき続けるつもりではなかった。

ただ爆破事故のせいでどうすることもできず、ハルも偽物の身分証を使ってきた。けれどユッカの将来を考えると、このまま偽造した身分証の人間として生きていくわけにはいかない。そうしたくないのだ。ユッカに恥ずかしいから。

「ハルくん、とても幸せだよ。だから祈らなくてもいいんだ、幸せだから」

見あげると、すーっと細い光の線が星々の間を流れていく。

祭壇に祈ったあと、薪《まき》を集めて火にくべ、温まりながらオーロラが輝きだすのを持った。

「オーロラだよ、見えるよ」

ユッカの指さす方向を、ハルは目を凝らして見つめた。

淡く揺らめく光のカーテン。春先にしてはあざやかな色彩の光が夜空に浮かびあがっている。

「ユッカ、オーロラだね」

ハルはユッカの手をとり、火を消して湖のほとりに連れて行った。

白樺とモミの木の森がとり囲む空間。

二人が苔《こけ》の大地を踏みしめる音だけが静かな北極圏の森にひそやかに聞こえている。

今まで二人でここに住んでいたけれど、今日ほど美しく月や星々や煌めくオーロラが湖面に映っているのを見たことはない。

「オーロラもお星さまも夜空で踊っているみたいだね」

ハルがぼそりと呟いたそのとき、後ろから人の声がした。

「……そうだ、夜空から祝福している、この家族三人を。何万光年も昔に煌めいた光が」

「え……」

息を止めてふりかえると、そこにコンラッドがいた。

「パパっ！」

「ど……どうして」

手には杖。淡い色のトレンチコートもズボンも汚れている。多分、何度かつまずきながらここにきたのだ。前に進もうとしてコンラッドがつまずく。

「危ないっ」

ハルとユッカは同時に地面に膝をついてコンラッドを支えていた。

「ハル……」

「どうやって……ここに」

見えないのに。フィンランドの最北の地サーリセルカからさらに北上した夜の森なのに。どうして。

「恋の焔《ほのお》に導かれて……」

「え……」

「と言いたいところだが、甘い匂いをたどって」

「……っ」

「一人で飛行機やタクシーを乗り継いで、何とかきみたちが暮らしていた小屋までできた。だが誰もいなかった。そこで待とうかと思ったとき、きみの甘い香りがした」

そうか。オメガの香りが彼をひきよせてしまったのか。つがいだから。どうしても彼には自分の存在がわかるのだ。

「危ないじゃないですか、こんなところまで一人で」

「会いたかったから、きみたちに」

「だけど……目が見えないのに」

「だが無事についた」

「そう……ですね。運命が……魂で求めあうものを引き寄せてしまうんですね」

ハルはコンラッドにほほえみかけた。見えていなくてもきっと心の目で笑みを受けとってくれる気がして。

「やっぱりきみこそが俺の愛する相手なんだな。記憶はまだはっきりとしない、でもわかる、多分、俺は命がけできみを愛した。そしてユッカが生まれた」

コンラッドは淡く微笑した。

「そのとおりです」

あなたが自分から見つけた答え。それを否定するのはやめます。それが真実だから。あなたが答えを見つけられなかったら告げなかったかもしれないけれど、あなたはまったく見えない場所から答えをさがしてくれた。

「どうして……今日までだまっていた」

「……ごめんなさい、いろんなことを考えてしまって……」

「責めているんじゃない。いや、考えれば当然だ。俺は記憶が曖昧で、しかも目も見えなくて、身体も自由にならない。きみの存在もすっかり忘れてしまった。そんな相手に、真実を説明できるわけがない」

コンラッドは苦笑した。

「俺もそうだ。言葉で、そうだったと説明されても、多分、受け入れることはできなかった。むしろ拒否しただろう。自分で答えを見つけたからこそ、きみへの愛の真実……暗闇のなかに光が見えたからこそ」

「……っ」

ハルの双眸《そうぼう》にじわじわと涙が溜まっていく。

「そう、今夜のような光が見えた」

コンラッドは空を見あげた。

「感じることはできる、光を。きっと空にはオーロラが輝いているのだろう。俺にはわかる」

「本当ですか？」

「そしてその光の前では、見えないなんてたいしたことじゃない。そう思った。オーロラの光の大きさ、長い地球や宇宙の歴史のなかでは、そんなことはたいしたことじゃないと」

「コンラッドさん……」

「だからハル……犠牲にならないでくれ」

コンラッドはユッカごとハルを抱きしめた。

「ユッカの父として頼む。ユッカには父親だけでなく母親の愛情も必要だから。俺はきみ以外を愛せないんだから、ちゃんとそばにいて二人を守ってくれ」

「……っ！」

「クラウド上にあった兄のデータ。音声解読し、論文をすべて読んだとき、失われた記憶の向こうの真実が見えた」

「コンラッドさん……」

「俺ときみは、フィンランドでの、兄の葬儀の日に出会った。そして兄は恋人のオメガと一緒に殺された。俺は、それを警察にリークしたことで命を狙われ、研究施設の爆破事故に巻き込まれてしまった」

「……っ」

「きみの身分証の謎もとけた。兄が恋人のオメガを逃亡させるために、サーミ人の偽造の身分証があったからだ。俺はそれをきみのものにして、きみが医療研究施設に追われないようにした。そしてその逃亡中にユッカを神が二人に与えてくれた。違うか？」

涙があふれてくる。この人は記憶を失ったのに、その失った部分を自分の力でパズルをはめ込むようにして埋め合わせてくれたのだ。

「だから犠牲にならないで欲しい。一人、自首しないで欲しい。自首をすべきは俺だ。きみに偽の身分証を与えた俺なんだ。そして兄だ、それを作成した……」

「でも今もまだオメガの人たちが」

「俺が何とかする。兄のデータをもとに証言し、彼らの自由を保障してほしいと活動する。だから一人ですべてを背負わないでくれ。一緒に背負おう」

「一緒に……でもあなたの記憶は」

「きみと出会ってからの記憶は消えたままだけど、もう一度、きみを好きになった。多分、同じ気持ちで。だからその前の罪も、同じ思いで背負いたい」

「コンラッドさん……」

冬の空で煌めく満天の星があまりにも美しいせいか。それとも春特有の青紫色のオーロラがあまりにもはっきりと輝いているせいか。

自分もコンラッドもひどく小さな生命体なのに、彼の記憶があってもなくても彼への愛を認めないことがひどくバカバカしいことに思えてきた。

「ママ、ユッカ、ハルくんのこと……ママって呼んでいいよね?」

「え……」

「どうして……ユッカだけ、ママをハルくんと呼ばないといけないの? みんな、ママのことをママと呼んでるよ。ユッカ、別のママなんていらないよ。お金なくても、おもちゃやいい服がなくても、よくわかんないけど、オメガでも……ユッカ、ハルくんママが一番大好きだよ。世界で一番すごいママだよ。いっぱいおいしいご飯作ってくれて、いっぱいお洋服や帽子を作ってくれて、いっぱい本を読んでくれて……いっぱい抱っこしてくれて」

ユッカの言葉に涙が止まらなくなる。ああ、自分はなんて愚かなことをしようとしていたのだろう。オメガだからこの子を幸せにできないと思いこんでいた。アルファのコンラッドやカミラの世界にいたほうがこの子が幸せになれると。一番守るべき相手を、誰よりも愛すべき相手を抱きしめることよりも大事なことなんてなかったのに。

ごめんなさい、施設にいるオメガの人たち。ハルくんは、まずはこの子を愛して育てなければいけないんです。この子の父親、もう一人の親、そして愛する相手と。この二人を愛する強い気持ちで、あなたたちの自由のための運動もしていきます。

だから選ぼう。自分の未来を。自分の意思で。

「コンラッドさん、ひとつ、たのみを聞いてください」

ハルは勇気を出して言った。

「たのみによる。きみが犠牲にならないたのみなら」

「ハルくんと……この祭壇の前で結婚してください」

「……っ」

「ユッカの前で、そして祭壇の前で、オーロラの下で結婚してください」

自分の気持ち。初めての自分の欲。コンラッドと結婚して、愛しあいたいという気持ちに駆られた。

「今、ここで?」

「はい、ロミオとジュリエットみたいに、性急に結婚したいです。あ……でも出会ってから四年も過ぎたから性急でもないですね」

「ああ」

「オメガの人たちの解放……手伝ってください。ハルくん、がんばります。そして一緒にあの小屋で暮らしてください、ハルくんとユッカと。ハルくんが林檎のお菓子やご飯のお店を開きます。近くの村の日曜市で売るんです。サーミ人のお宅にも届けます。今までもそうやって暮らしていました。その間、あなたはユッカに勉強を教えてください」

「……勉強？」

「ハルくんに教えてくれたように。自分というのは誰なのか、なにがしたいのか、人生で大切なのは何なのか……あなたがどんなふうにハルくんにいろんなことを教えてくれたのか——それをあなたに伝えます。だから……」

「だから？」

「だからハルくんはあなたと幸せになります」

コンラッドが「ああ」とうなずき、杖を捨てて自身の足で立って肩を抱き寄せてきた。

愛を知らなかった者同士が出会ったことで命がけの愛を知った。

その幸福を噛みしめながら、ようやく結ばれる。その喜びを感じながら、ハルはコンラッドとユッカと抱きあっていた。ビロードの幕がゆっくりとひらいていくように、オーロラの光の向こうの空を薔薇《ばら》色の朝の光が染めようとしていた。

エピローグ

ギイィと、コンラッドが扉を開ける音が聞こえてきた。ベッドのなか、窓の外を見ると、カーテン越しに洪水のような太陽の光が感じられた。

「ん……もう……朝？」

「まだだよ、まだゆっくりと寝ていたらいいから」

ユッカにそう声をかけたあと、ハルはコンラッドのあとを追うように小屋の外に出た。

白樺の森の一角に建った小さな木造の小屋——といっても、林檎の木やベリーの茂みに囲まれた遊園地のように可愛い空間になっている。

赤いゼラニウムのなかで揺れる白いブランコ。

黄色い菜の花が絨毯《じゅうたん》のようになった間には、白い井戸。

白いデッキチェアやパラソルの周りには、ピンクや紫色のライラックが今を盛りに空気まで甘い色に染めている。

白い鈴蘭、ピンク色がかったコケモモの花、淡い紫色のラヴェンダー。

濃い紫色や黄色のスミレ、ピンクと白の赤詰草と白詰草、ピンク色のジギタリス、それから赤くて小さな薔薇、青色の名前も知らない花が咲き乱れ、色彩に満ちあふれている。

そして流れてくる森の心地よい大気。

「コンラッドさん……大丈夫ですか?」

ブランコの前に立ち、コンラッドが遠くの湖を見つめていた。白いシャツに白いズボン、それに裸足。春も同じような格好をしていた。

「ああ、起こしてしまったか」

「まだ朝の四時ですよ、なのに空が明るいですね」

ミッドサマー——夏至の季節がやってきた。この時期、北極圏のラップランドは一日中暗くなることはない。

「目……どうですか?」

「ああ、もう大丈夫だ」

コンラッドは手術を受けて視力を取り戻した。それから身体も回復し、今では杖なしでも歩けるようになり、無医村のこのあたりの医師として働いている。もちろんユッカに勉強を教えながら。

「……あとは記憶だけですね」

「そうだな……だがわからないんだ、戻ったのか戻っていないのか」

コンラッドはそんなふうに言う。

ハルから二人で過ごした時間の話を聞いたせいなのか、それが全て目の見えない時期に耳にしたことのせいなのかわからないけれど、自分で経験したことなのかそれとも記憶なのか曖昧になっているらしい。

「でもいい、このままでも。ハルがいて、ユッカがいて……医師として人のために働くことができて……それだけで俺は幸せだ」

遺伝子学、進化学の権威になれたかもしれない彼の未来。

彼の父親と兄が犯罪に加担していたが、彼はまったく関係なかった。それどころか、そこから多くのオメガやハルを助けてくれたのだ。

そのために必要だったこととして、コンラッドが兄の偽造した身分証をハルに使わせたことは書類送検だけで終わるらしい。

今、コンラッドとハルは政府が管理しているオメガたちが自由に暮らせるよう、働きかける運動をしている。

署名も集まり、世論が一気に広がり、一カ所に集められていたオメガたちが解放され、職業や住居の自由を得られるようになりつつあるとか。

彼の母親のカミラも協力してくれている。

「多分、近いうちにまた変わっていくはずだ」――とコンラッドが言っていた。

「今日は夏至祭だな。ユッカと三人でパーティをしよう」

「はい、ハルくん、林檎のケーキを焼きます」

「ルバーブ入りで。俺はハーブとチーズのサラダを作る」

「ユッカはベリーのジュースを作ってくれると思います」

陽《ひ》が高くなるにつれ、花よりいっそうあざやかな色彩になり、三人しか住んでいないのに森のなかの小さな家は天国のように華やかになる。

リスや野ウサギ、猫たちも現れ、みんな、ユッカの友達になってくれている。このあたりの子供たちとも、最近、少しずつ友達になっているようだ。

「みんなが幸せで、こうしてミッドサマーが祝えるって幸せですね」

「……こんなに幸せでいいのか、時々、怖くなる。父や兄のしたことを思うと」

「あなたが幸せでないとハルくんが哀《かな》しいです。あなたが全部教えてくれました。考えること、選ぶこと、そして愛することと幸せを感じること……」

「ハル……俺もそうだ、きみと出会ってすべてが変わった。きみが落とした林檎を拾ったあのときから。そして……兄や父と似ていないけど、似ていると言ったあのカフェ、その前の小雪の降る街角の出会いから。フィンランディアの曲が流れていた街で」

その言葉に、ハルは息をするのも忘れたように大粒の涙を流した。

「……ハル」

コンラッドは微笑し、ハルを抱きしめた。その背のむこう、ライラックの花のむこうに深緑の林檎の木が揺れている。

林檎……そう、ハルくんの林檎を彼が拾った話を、そんなにくわしく説明していない。

ハルが落とした林檎を彼が拾って、それがきっかけで話をした――としか。

小雪が降っていたことも、どんな音楽が流れていたかも、彼のおとーさんやおにーさんの話をしたことも。

(ああ、少しずつ少しずつ戻ってきている)

コンラッドに出会って人生が大きく変わった。

辛いことも多かった。死んでしまいたいと思ったことも。

あの施設にいた他のオメガの人たちがまだこんなに幸せではないのだと思うと、心のなかが冬の夜のように暗くなる。

けれど冬の夜のオーロラの美しさのように、きっと煌めく時間もくるはずだと信じている。

生きていれば、生きてさえいれば。

泣きたくなるようなことも悲しいこともあるけれど、それでもきっと今のハルのように。

あとがき

このたびはお手にとっていただき、ありがとうございます。

今回は、フィンランドをメインにした北欧が舞台のオメガバースです。実在の場所を舞台にはしていますが、オメガバース関連の法律や医学についてはもちろんファンタジーですよ。

この作品、二年数ヶ月前、取材を兼ねて羽生《はにゅう》選手の試合を見にフィンランドに行ったときの最終日、朝、少しずつ陽《ひ》がのぼっていく様子を湖の辺りのベンチで見ているうちに、取材用の話以外に、こういうのも書きたいな……と思いついたものです。

作中に出てくる食べ物は、そのときに実際に口にしたものばかり。林檎《りんご》のパンやケーキ、シナモンロール、ミルクシチュー、ジャム、パイがとってもおいしかったです。あと、深夜に散歩しているときに発見したタンゴのお店が印象的でした。（えっ、めずらしい）と思った記憶のまま作中に使うことにしました。フィンランドは日本からも行きやすい国なので、もう少し世界が落ち着いたらゆっくりまわりたいです。そんな感じで、このお話、二年数ヶ月前、帰国してすぐに書き始めたのですが、思ったよりも時間がかかってしまいました。そのころから、私の大切な4匹の柴犬たちが立て続けに寿命を迎えてしまったからです。闘病、介護、お見送りという、命と正面からむきあう日々がずっと続き……その間は、思うように作品の世界観に心が届かなくて、書いては中断、書いては中断をくりかえしていました。ワンコたちとの濃密な時間が過ごせたのは、今、振り返るととても愛《いと》しいものなのですが、当時は必死で、自分の心がどうなっていくのかわからない感じでした。なので、こうして無事に形になってとてもうれしい……という気持ちと同時に、そうした経験がなければ、今のこの形の本にはならかったのではないか……と思うような、ちょっと不思議な気持ちにも至っています。あと作中のスペイン語の歌詞は私が意訳したので微妙です。お許しを……。

イラストをお願いしました夏河《なつかわ》シオリ先生、心が透明になり、魂から綺麗《きれい》になりそうな、とてもとても美しく切なげな表紙をありがとうございます。中はまだラフしか拝見していないのですが、かわいい子供ちゃんやかっこいい仮面のシーン等々、完成を楽しみにしています。

今回、ご迷惑をおかけしたにもかかわらず、見捨てずに励ましてくださった担当様には本当に感謝の言葉がありません。だからこそたくさんの方に読んでいただけたらと願っています。

末尾になりましたが、ここまでお読みくださいました皆様、本当にありがとうございます。

この一年で世界も大きく変わり、自分の価値観も書き方もかなり変化した気がします。この先、どういう形のものを書いていきたくなるのか、私自身、よくわからない感じで毎日過ごしていますが、創作したいものはたくさんあるので、またなにかしら読んでいただけましたら幸いです。そしてこの本を少しでも楽しんで読んでいただけておりますように。なにか一言なり感想をいただけましたら幸せです。

この本を読んでのご意見、ご感想を編集部までお寄せください。

《あて先》〒141-8202　東京都品川区上大崎3-1-1　徳間書店　キャラ編集部気付
「オメガの初恋は甘い林檎の香り ～煌めく夜に生まれた子へ～」係

【読者アンケートフォーム】
QRコードより作品の感想・アンケートをお送り頂けます。
Chara公式サイト http://www.chara-info.net/

■初出一覧
オメガの初恋は甘い林檎の香り
~煌めく夜に生まれた子へ~……書き下ろし

Chara

オメガの初恋は甘い林檎の香り ~煌めく夜に生まれた子へ~

2021年4月30日 初刷

著者 華藤えれな
発行者 松下俊也
発行所 株式会社徳間書店
〒141-8202 東京都品川区上大崎3-1-1
電話 049-293-5521(販売部)
03-5403-4348(編集部)
振替 00140-0-44392

……【キャラ文庫】

印刷・製本 株式会社廣済堂
カバー・口絵
デザイン 百足屋ユウコ+豊田知嘉(ムシカゴグラフィクス)

ISBN978-4-19-901026-2